終幕《フイナーレ》のない殺人

内田康夫

JN184057

祥伝社文庫

目次

おもな登場人物

加堂孝次郎《かどうこうじろう》……大物俳優。箱根《はこね》の別荘の持ち主。
永井《ながい》　智宏《ともひろ》……俳優。タレントのスキャンダルを暴露した著書を出し、物議をかもす。
三島《みしま》　京子《きょうこ》……永井の妻。女優。
谷川《たにがわ》　秀夫《ひでお》……俳優。
白井美保子《しらいみほこ》……谷川の妻。女優。
谷川　令奈《れな》……谷川・白井夫妻の娘。学生で女優。
中原《なかはら》　清《きよし》……当代きってのお笑い売れっ子タレント。
幸枝《ゆきえ》……中原の妻。
堀内《ほりうち》　由紀《ゆき》……元アイドルタレント。
神保《じんぼ》　照夫《てるお》……アクション俳優で、由紀の夫。
広野《ひろの》サトシ……アイドルスター。由紀の元恋人。
赤塚《あかつか》　三男《みつお》……中原と人気を二分するお笑いタレント。
芳賀《はが》　幹子《みきこ》……学生。中原の愛人。
片岡清太郎《かたおかせいたろう》……別荘の執事《しつじ》。往年の映画俳優。
立花《たちばな》かおる……元女優で片岡の妻。別荘のメイド。
浅見《あさみ》　光彦《みつひこ》……ルポライター兼私立探偵。
野沢《のざわ》　光子《みつこ》……浅見の幼馴染《おさななじ》み。

プロローグ

浅見光彦《あさみみつひこ》から野沢光子《のざわみつこ》に呼び出しの電話があったのは、十二月なかばのことである。待ち合わせの場所は、例によって『平塚亭《ひらつか》』ということであった。

平塚亭というのは、浅見家と野沢家の中間のようなところにある平塚神社の茶店だ。神社の祭神《さいじん》は 源 義家《みなもとのよしいえ》だそうだが、どうして「平塚神社」というのか、そのいわれは浅見も知らない。

平塚亭の団子が浅見の母親・雪江《ゆきえ》未亡人の好物で、何か具合の悪いことがあると、浅見は必ず団子を土産《みやげ》に買って帰ることにしている。

浅見が光子とのデートに平塚亭を使うのは、まったく底意《そこい》のないことを明らかにするためである。団子屋の店先は愛を打ち明けるのには、あまり適当な雰囲気とはいえない。

そのことを光子のほうも心得ている。もっとも、浅見との付き合いは、男と女という関係を超越したものだと思っているから、たとえどういう場所で会ったとしても、深刻な状況に陥《おちい》る可能性はないような気もする。

浅見も光子も、すでに三十三歳。行きおくれ同士である。のみならず、二人は家は少し離れているけれど、小学校から中学校までは一緒に通った仲だ。

卒業後、二十年近く音信不通だったのに、たまたま、光子が家庭教師に行った先が浅見家であったこと。おまけに、光子の姉が巻き込まれた殺人事件を浅見が解決してくれる（『首の女』殺人事件」参照）という出来事があったことで、思いがけない付き合いが再開したというわけだ。

少年時代の浅見光彦については、光子は、どちらかといえば、可愛いだけが取り柄《とりえ》の、ごくおとなしい、目立たない子——という印象しか抱いていない。まして、その浅見が世間で「名探偵」などと呼ばれていることなど、想像もつかなかった。

浅見家は明治維新以来、四代にわたって官僚の家柄であり、兄の陽一郎《よういちろう》も東大法学部を首席で卒業して、官庁入りし、いまや四十七歳の若さで警察庁刑事局長の要職にあるというエリートだ。それに対して、浅見ときたひには、三流私立大学をやっとこ出て、就職もままならないような有様《ありさま》だったから、名門の誉《ほま》れ高い浅見家の一員としては、どうにもしようがない落ちこぼれということになる。

その浅見光彦がいまをときめく名探偵だというのである。

まったく、人間なんて子どもの頃の姿だけでは分からないものだ——と、光子はつくづく思わないわけにはいかない。

野沢光子は、皇族の出身校である名門女学院を出たものの、一流会社に勤めるわけでもなく、さりとて結婚をするでもなく、卒業以来、三十三歳の今日までずうっと、家庭教師専門のアルバイターを通してきた。

光子の経験からいっても、親が「だめだ、だめだ」とサジを投げているような子が、ちょっとした教え方ひとつで、メキメキと能力を発揮するようになるものだから、浅見の才能がとつじょ花開いたとしても、それほど不思議なこととは言えない。

浅見光彦も野沢光子もともに、いまだに独身である。子どもの頃、「光光《みつみつ》コンビ」などとからかわれた二人が、二十年近く経《た》って再会してみたら、そういうところまでが似《に》たような境遇だったのは、何となく因縁《いんねん》じみている。

そのせいでもないけれど、光子は浅見を落ちこぼれなどとは少しも思わない。就職しようがしまいが、はたまた結婚しようがしまいが、そんなことは個人の生き方の自由ではないか——と思う。

まあ、そう思いたくなる半分近くは自分に対する負け惜しみなのかもしれないけれど、少なくとも光子は浅見の才能は認めている。姉の事件で示した彼の類《たぐい》まれな推理力には、ほんとうに敬服させられたし、それ以上に、その事件を通じて知ることになった、彼の人間としての優しさには、光子は目を洗われる思いがしたものだ。

あらためて浅見を見直すと、あれで結構、なかなかのハンサムだし、世の中の女たちがどうしてこういう青年を放っておいたのか、理解に苦しむ。光子だってべつに独身主義を標榜《ひょうぼう》しているわけでもないのだから、なんなら浅見との結婚を考えてもいいかなあ――などと、半《なか》ば本気で思っている今日この頃なのであった。

平塚亭での「デート」の用件は、光子にとっては意外も意外、パーティーへのお誘いであった。それも、箱根《はこね》の豪華別荘で開催される豪華パーティーだというのだから、柄《がら》にもなく胸がときめいた。

「必ず同伴者を連れてゆくのが条件なのだそうだ。それできみを誘うことにした」

浅見はぶっきらぼうに、仕方がなさそうな口振りで言う。こういうところがいかにも浅見らしいと言えば言えるけれど、もう少し女を喜ばせる言いまわしができないものかしら――と光子は不満だ。

「私なんかじゃなく、もっと若くてきれいな女の子を誘ったら?」

意地悪く、月並みなことを言いたくもなる。

「いや、そんな女の子がいれば問題はないよ。目下のところ、こういうことを頼める女性といえば、きみしかいないんだから仕方がない。きみなら気心も知れている」

「それは言えてるかもね」

光子もその点では同感だ。万年アルバイター同士として、相身互《あいみたが》いということはあるにちがいない。

「それにね、その招待状というのがちょっと変わっているんだ」

浅見は光子の気を引くようなことを言い出した。

「招待状に殺人事件の予告めいたことが書いてあるんだよ」

「へえー……」

光子はたちまち好奇心の虜《とりこ》になった。

「それ、どういうこと?」

「まあ、この招待状を見てくれよ」

浅見はポケットから洋封筒を取り出した。見たところ、何の変哲《へんてつ》もない、ありきたりの招待状の形式に思える。

光子は、二つ折りになった中身を開いてみた。分厚い紙に印刷された文面もごくありきたりの内容だ。

謹啓　ご健勝のこととお慶び申し上げます。さて一九八×年も残り少なくなりました。本年も例年どおり、ゆく年を惜しみ来る年を想うひとときを左記により催したいと存じますので、年末で御多用のこととは存じますが、万障お繰り合わせの上御参加賜《たまわ》りますよう、御招待申し上げる次第であります。

なお、当日は皆様におかれましては、必ず御同伴にて御来駕《らいが》賜りますよう、御案内申し上げます。御宿泊の用意も整えてございますので、ごゆるりと楽しい一夜をお過ごしいただければ、この上なく幸甚《こうじん》と存じます。


こういうあまり上手《うま》いとは思えない文面で、そのあとに日時と場所についての記述がある。日時は昭和六十×年十二月二十日で、場所は神奈川《かながわ》県足柄下《あしがらしも》郡箱根町……。地図によると、どうやら湖尻《こじり》に近い辺《あた》りにある、主催者の別荘が会場らしい。

活字の部分に関していえば、ことさらおかしな点は見当たらない。ところが、そのあとに細いボールペンで書き込まれた文章が問題なのであった。


浅見様、あなた様の御活躍については、いろいろ承《うけたまわ》っております。この度《たび》突然の御招待を差し上げて、はなはだ失礼かと存じますが、あなた様のお力をぜひともお借りいたしたく、御無理を承知の上、伏してお願い申し上げるものでございます。

と申しますのは、私どものパーティーは毎年のことでございますが、一昨年、昨年と、つづけざまにパーティー会場にて不審な急死事件が発生いたしまして、警察の御厄介《ごやっかい》になるような有様《ありさま》でございました。今年はよもやそのような不吉なことは――と存じますが、万一そのような事態が起こりましたならば、ご参会下さった方々に申し訳が立たず、このパーティーも今回限りということになりかねません。

私はすでに老人でございまして、この催しが唯一の楽しみと申してもよい身の上でございます。何卒《なにとぞ》そのあたりの苦衷《くちゅう》を御賢察の上、お助け下さいますようお願い申し上げる次第です。

なお、僭越《せんえつ》ではありますが、費用等につきましては、別途に御送付申し上げましたのでお受け取り下さい。御不満がございましたなら、不足分につきましては、後ほど御請求下されば早急《そうきゅう》に御送付申し上げます。


「というわけでね、なんと百万円を送ってきた」

浅見はこともなげに言った。

「百万円？……」

光子は悲鳴のような声を上げてしまった。

「すっごい……探偵ってそんなに儲《もう》かる仕事なの？」

「とんでもない。こんなうまい話ばかりなら、みんな探偵業を志望するよ。この人は相場を知らないのだろう」

光子はあらためてパーティーの主催者の名前を見た。

——東京都大田《おおた》区田園《でんえん》調布《ちょうふ》×丁目×番地
加堂《かどう》　孝次郎《こうじろう》

「加堂孝次郎っていったら、かつては、有名なタレントだったひとでしょう?」

「そう、十五、六年前頃まで映画やテレビで活躍していた大物スターだよ」

「そうよねえ、私でさえ名前を知っているくらいだもの……そのスターがいまは隠居《いんきょ》生活なの?」

「いや、必ずしも隠居とは言えないらしい。ときどき、トーク番組のゲストとして出演したりするし、それよりも、膨大な財力にものを言わせて、いまは政治家や財界人までも動かすほどの、隠然《いんぜん》たる勢力を持っているのだそうだ。テレビ界だって、このじいさんがくしゃみをすると、風邪を引くほどの影響力があるとかいう話だ。この年末の稼ぎどきに、一流タレントを集めてパーティーを開くのが唯一の道楽だというのも、加堂老人の力のほどを示しているよ。まあ、あまりいい趣味とは言えないけど、金はあるが時間はあと残り少ない。余生を思いきり愉快に過ごしたいという気持ちは、僕にもなんとなく分かるような気がする」

「へえー、浅見クンて、ずいぶんじじむさいことを言うのね」

「だってさ、僕らだっていずれはそういう年代がやってくるのだからね。ぜんぜん他人事《ひとごと》というわけでもないだろう」

「それはそうだけど……だけど、それにしても百万円も出すとなると、ほんとうに生命の危険を伴《ともな》うような事件が起こる可能性があるんじゃない？」

「たしかにそれはあるかもね」

「で、どうするの？　引き受けるの？」

「それはミコちゃん次第さ。きみが付き合ってくれるなら受けるつもりだ」

「私は……」

言いかけて、光子はどっちにしようか、迷った。浅見とパーティーに出席するというのは魅力だけれど、生命の危険があるとなると考えてしまう。

「まあ、仮に殺人事件が起こるとしても、殺されるのは僕たちっていうことはないよ」

浅見は光子の躊躇《ちゅうちょ》する気持ちを察して、言った。

「どうしてそんなことが言えるの？」

「だって、僕たちには連中と何の利害関係もないしさ。第一、パーティーのお客たちと顔を合わせたこともないのだから」

「でも、無差別殺人ということだってありうるんじゃない？」

「ははは、わざわざパーティーに出て来て、無差別に人を殺すような人間はいないよ。殺すからにはそれなりの動機があるものと考えていい」

「でも、去年と一昨年《おととし》の急死事件は未解決なんでしょ？　ということは、殺された可能性もあるっていうことじゃない」

「いや、それなんだけど、僕も念のために兄のセンで調べてみたんだが、その二つの事件とも、別に殺人事件としては扱われていないんだ」

昨年、一昨年の事件というのは概略、次のようなものだ。

まず一昨年の事件。死んだのはPテレビ局のプロデューサーで、加堂の娘婿である後藤《ごとう》明弘《あきひろ》。パーティーの最中に気分が悪くなったと言って、ホールを出て行ったのを大勢が見ている。その後、誰も後藤の姿を見た者はなく、翌朝になって、別荘の裏手にあるサマーデッキの下で発見された。

死因は頸骨《けいこつ》骨折。

サマーデッキは崖に張り出している。デッキの縁《ふち》から崖下まではおよそ一五メートルはあるだろうか。落ちれば死ぬのは当然かもしれない。後藤の場合はほぼ即死状態だったらしいが、仮に即死でなくても、転落して動けないまま、冬の夜を数時間も放置しておけば、間違いなく死ぬ。

転落の原因は、心臓発作《ほっさ》による失神に見舞われ、サマーデッキの手摺《てすり》に寄りかかった際、上体から手摺を越えたものと考えられた。

デッキの手摺は八〇センチほどの高さで、通常の状態なら、まずそれを越えて転落することはありえない。しかしその晩、後藤はかなり酔っていたし、そこへもってきて心臓発作である。ホールを出てゆく時に、後藤がかなり青い顔をして、胸の辺りを押さえていたことを、何人もが目撃していた。

直接の死因は頸骨骨折だが、実際には、この心臓発作が死因といってもいい――というのが大方の見方であった。後藤は以前から、軽度の狭心症にたびたび見舞われていた。それが病死説の根拠となり、事件性のない死亡事故として処理されている。

去年の事件もやはり事故死である。しかし状況は一昨年のものとはかなり異《こと》なるものであった。

死んだのは加堂の秘書で丸山敏雄《まるやまとしお》（五十五歳）。これまたパーティーの最中の出来事だ。

バンド演奏用のアンプの電源コードを握り、そのコードがたまたま被覆が剝《は》がれていたために、感電死したというものであった。もっとも、丸山がホールの床につんのめるようにして倒れたときも、それから、病院に運ばれてからも、丸山の死因は心臓発作によるものと思われていた。

現に、丸山は肥満体で汗っかきで、以前から心臓の病気に注意するよう、医者に言われていた。おそらく、ホールの床に散らばっていたコードを壁際に片づけようとして、被覆の剝がれた部分を汗ばんだ手で摑《つか》んでしまい、もろに電流が流れたものと想像された。ふつうなら一〇〇ボルト程度の電流では感電死することはないのだけれど、丸山の弱った心臓には耐えることのできないショックだったということなのだろう。その意味では、まあ不運と言うほかはないのだが、警察はこの事件では、バンドマンたちに業務上過失致死の疑いがないかどうか、一応、調べてはいる。

しかし結局、過失は不問に付せられた。被覆はもともと剝がれていたという証拠はなく、ダンスのための音楽を演奏中、通りかかった踊り手のうちの何者かがコードを踏み、被覆を損傷させた可能性が強かった。

そのコードを丸山がなぜ手で摑んだりしたのかは分からない。散らかっているのが気になって、つい片づけようとしたのかもしれないが、それはいまとなっては推測するだけである。

「しかしね、どっちの事件も、疑ってかかれば疑えないわけではないんだ」

と浅見は言った。

「後藤明弘だって、誰かに突き落とされたのかもしれないし。丸山敏雄だって、偶然、被覆の剝がれたコードを摑んだのではなく、仕組まれたものだった可能性だってあるわけだよね」

「でも、逆に言えば、警察が断定したように、なんでもない、ただの事故だったのかもしれないんじゃない？」

「まあそういうことだね。だからこの手紙だって、加堂老人の取越し苦労の産物なのかもしれない」

「取越し苦労で百万円かァ……」

光子はもういちど招待状に視線を戻した。

「パーティーの会場は箱根の住所になっているわね。湖尻に近い、芦ノ湖《あしのこ》を見下ろす別荘か何かかしら」

「たぶんね」

「行ってみようかしら……」

光子は大いに興味をそそられながら、それとは裏腹の、およそ気のない言い方をした。

第一章　誰かが誰かを殺してる

1

中原清《なかはらきよし》はロールスロイスの巨大なシートに沈み込むように坐《すわ》って、火の点《つ》いていないパイプをくわえ、「シーシー」と音を立てて吸った。隣りでは妻の幸枝《ゆきえ》が、無表情に前方を見据《みす》えた姿勢を長いこと崩さずにいる。

中原はこのところいらいらがつのるばかりだ。原因は妻との別れ話がこじれていることにある。中原が離婚を申し出たとたん、幸枝は法外な慰謝料を請求した。それは当代随一の売れっ子タレントと自他ともに許す中原清にとっても、到底容認できるような金額ではなかった。

要するに妻は彼との離婚を拒否したいのだ。それは分かっている。分かっているけれど、これ以上、幸枝との結婚生活を続けてゆくのは、中原にとっても意味のないことであったし、幸枝にとっても毎日不愉快と同居しているようなものだとしか思えない。

幸枝が中原と別れようとしないのは、単に面子《メンツ》の問題だと中原は思っている。

（あんな小娘に負けてたまるか――）

幸枝の考えはその一点から少しも進展しようとしないらしい。もっとも、幸枝にしてみれば、中原の不遇時代からずっと苦楽を共にして、食えない中原を支えてきたという自負も意地も未練も揃《そろ》っている。なまなかのことでは、それこそあんな小娘に妻の座を奪われてたまるものか――という気持ちだ。

「小娘」はまさに小娘というに相応《ふさわ》しい、大したことのない女なのである。どこだかの三流女子短大の学生で、ただ若いだけが取り柄のような女だという。いや、そういう報告をしたのは、幸枝が頼んだ私立探偵だから、いくぶん依頼主におもねる気持ちが働いているのかもしれない。それにしたって、たかが女子大生じゃないの。何を血迷って――という気にもなる。

浮気は芸のこやしともいうけれど、芸能人の妻だって人間である。苦楽を共にしてきた夫を、有名人だからといって、横から取られたのでは面白《おもしろ》いわけがない。

「あんたの考えていることが分からない、気が知れない」

これは夫婦が互いに共通して抱いている感情なのだ。気が知れない同士が話し合ったところで、結論など出るはずもない。顔をあわせるたびに話は平行線である。そうでもなければこうやって黙りこくっているしかない。

「また今年も加堂のじいさんのお守《も》りに付き合わされるのか……」

中原はうんざりしたように言った。運転手の青田《あおた》は自分が答えていいものかしばらく迷ってから、「はあ」と言った。

「森下守《もりしたまもる》も行くんだろうな」

「はあ、たぶん招待されていると思います」

森下は中原のライバルとして、ここ数年、お笑い界の人気を二分しているほどのタレントだ。

「加堂のじいさんはそういうところ、ぜんぜんボケてないんだよなあ。赤塚三男《あかつかみつお》だって、今年はちゃんと招待しているに決まっているよ」

「そうでしょうねえ」

「だけど、赤塚は女はどうするのかな。誰を連れて来るのか、こいつはかなりの問題だぜ。あちらを立てればこちらが――っていう女がゴマンといるんだからな、あいつは……」

中原は「ふふふ」と笑って、隣りの妻にジロリと視線を送った。それに較べればおれなんぞはたった一人だ――と言いたい。

幸枝はといえば、例によって完全無視の姿勢である。可哀相なのは冷戦のただなかにいて、ハンドルを握っていなければならない運転手である。

「ところでよ、今年も誰か死ぬんじゃねえだろうな」

中原はずっと気にかかっていることを口にした。

「まさか、三年もあんなことは続かないと思いますけどねえ」

青田はあっさり言った。誰か死ぬかもしれないが、どっちにしたって、自分には関係のないことだ。どうせパーティーがお開きになるまで、車の中でうたた寝でもしているしかない身分なのだから。

「死ぬなら森下のやつが死ねばいいんだがなあ。そう、おあつらえ向きにはいかねえか」

中原は退屈そうに低く笑った。

2

家を出る時から、三島京子《みしまきようこ》はグチグチと文句を言いっぱなしだ。

「あんなところへ行けば、いい晒《さら》し者にされるのは目に見えているわよ」

「だからといって、断わるわけにはいかないだろう」

永井智宏《ながいともひろ》は、際限のない妻の不機嫌に、かえって開き直る気持ちになっている。

「パーティーに集まる連中だって、私たちを肴《さかな》にして飲もうっていうつもりにちがいないんだから。加堂さんだって、それを承知の上で招待しているのよ、きっと」

「そう悪く取りなさんな。加堂さんのパーティーにはおれのようなスターが必要なのだから」

「そうかしら」

スターが聞いて呆《あき》れる――という意味で京子は言ったのだが、永井は違う受け取り方をした。

「そうとも、加堂のじいさんは一流趣味だからね、一流だの花形だのと言われている連中を揃えないと気がすまないんだ。まあ、毎年のことだし、それにあと何年続くか知らないが、われわれもさ、スターの看板を張っているからには、一種の有名税のつもりで出席してやろうじゃないの」

「あっちは毎年かもしれないけど、今年ばかりは、例の本のおかげで、こっちの状況がちょっと違うんですからね」

「またそれを言う」

永井は渋面《じゅうめん》を作った。

京子が言った「例の本」というのは、『妻に捧《ささ》げるぼくの人生』と題して、永井智宏が書いた本（といっても、もちろんゴーストライターが執筆したものだが）のことである。それは、この頃流行《はや》りの「タレントが書いた本」というやつの一つで、本の出来はお粗末なものだったが、それとは無関係の部分で、発売当初から話題を呼んだ。内容の多くが、永井智宏の過去の女遍歴を克明に綴《つづ》っていたからである。しかも、そのほとんどが現在も活躍中の女性タレントであった。永井の関わってきた芸能界のゴシップがふんだんに出てくる。かつては肉体関係のあった女優の赤裸々な部分や、自分の経営するプロダクションから足抜けしたタレントの悪口を書き立ててあった。その中には清純派女優として売っている若手に関する記述もあったから、スキャンダルとして大変な騒ぎになった。

彼女たちの多くや所属プロダクションは、名誉毀損《きそん》だ損害賠償だと訴訟も辞さない構えだし、第一、妻である三島京子が恥ずかしくて表を歩くこともできない羽目《はめ》に陥《おちい》った。

「パーティーなんかにのこのこ顔を出したりして、あなたを狙《ねら》ってイチャモンをつけてくる人がいるんじゃないの？」

「そんなことのできるやつはいないさ。陰で文句は言えても、おれの前に出ればお世辞タラタラの連中ばかりだ」

永井は鼻で笑うように軽く言ってのけた。

「どうかしらね。世の中、変わってるし、加堂さんじゃないけど、私たちだってそろそろ過去の人間になりつつあるんだから」

「よしてくれよ。きみはともかく、おれは当分、スターの地位は揺るがないつもりだ」

「だといいんだけど」

京子は窓外の風景を見るふりをして、背《そむ》けた顔に冷笑を浮かべた。

車は御殿場《ごてんば》のインターチェンジを出て、乙女《おとめ》峠のトンネルを越えた。紅葉の季節もすでに終わり、周《まわ》りの緑はあまりにも寂しい。

「毎年見るけど、箱根ってちっとも変わらないみたいね」

「そうでもないさ。これで少しずつ変化している。ついこのあいだも新しいホテルが出来たしね」

「ふーん、あなたどうして知ってるの？」

「ん？　いや、緑山《みどりやま》のスタジオで誰かがそんなことを言ってたからさ」

永井はやや慌《あわ》てぎみに答えた。

「また誰かさんといらしたんじゃないの？」

「よしなさいよ、そんな冗談を言うのは」

永井は運転手の方に顎《あご》をしゃくって、妻の嫌味《いやみ》を窘《たしな》めた。

「あまり発展なさると、今年の犠牲者はあなたってことにもなりかねませんわよ」

「よしなさいったら、くだらない。あれは単なる事故なんだから」

「あなたがそんなにムキになることはないでしょうに」

京子は不思議そうに、夫の狼狽《ろうばい》した表情を眺《なが》めた。

3

広野《ひろの》サトシは小田《おだ》急《きゅう》の特急で初冬の湯本《ゆもと》駅に降り立った。人気タレントの広野がたった一人、しかも列車を利用したというのは、近頃ではごく珍しい。どこへ行くにもお付きが二人か三人同行して、近距離なら車、遠距離なら飛行機——というのが定《き》まりのパターンだ。

「おれ、一人で行くから」

パーティーの話があった際、広野サトシは事務所でマネージャーにそう宣言した。

「そんな、ヤバイですよ」

マネージャーはもちろん反対した。いまどき、どんな変装をしたところで、広野がお忍びでウロチョロできるはずがない。発見されようものなら、ファンがわっと押し寄せ、もみくしゃにされたうえ、へたすると怪我《けが》でもしかねない。

「だけど、今回だけは一人で行ってみたいんだ。僕にとってははじめての招待だしね」

サトシは強引に我儘《わがまま》を通した。事務所がそれにあえて逆《さか》らいとおさなかったのは、彼の気持ちを忖度《そんたく》したからである。広野サトシは目下失恋中であった。

派手派手しく前宣伝が行き届いてしまった堀内由紀《ほりうちゆき》との婚約が、彼女のほうから一方的に解消され、由紀のほうはさっさと美男俳優の神保照夫《じんぼてるお》とくっついてしまった。そのショックと屈辱から、当分、立ち直れそうにないのだ。

いや、立ち直れないという演技が、この際、下降ぎみの人気を救うためにも必要なのであった。転んでもただでは起きないというのが、芸能界に生きる者のしたたかなところである。

「一人でそっとしておいてあげようよ」

事務所側は結局、そういう判断に立って、広野を自由にさせてやった。ただし、完全に野放しにしておくわけにはいかないから、広野がまだ顔を知らない、小野《おの》という新人の社員を一人、それとなく身辺の保護にあたるよう、列車に乗り込ませた。

広野サトシは心の痛手に沈みこんでいる男の苦悩を、いくぶん臭くはあったけれど、まずまず、それらしく演じていた。濃《こ》いサングラスも効果的だし、何よりも一人ぽっちで小田急のシートに揺られているというシーンが、悲劇のヒーローには相応しい。

車内では、逸早《いちはや》く広野の姿を見つけた乗客たちが、目引《めひ》き袖引《そでひ》きしてささやき交《か》わしていた。

湯本駅では案《あん》の定《じょう》、大騒ぎになった。観光客がドッと押し寄せて、駅前の道路は通行不能の状態になった。ボディーガードを仰《おお》せつかっている小野も、こういう状態では手の出しようがない。まるで群衆の一員のように、はるか後方からハラハラして眺めているばかりだ。やがて駅長やら交番の巡査やらが飛び出して来て、広野を駅長室に拉致《らち》同然に押し込めなければ、その状態はまだまだ続いたにちがいない。

「驚きましたなあ、広野サトシさんがこんなところに一人で現われるとは」

駅長は迷惑半分、お世辞半分に言った。

「申し訳ありません、こんな状態になるとは思っていなかったものですから」

広野はしおらしく振舞った。人気タレントの広野に頭を下げられて、駅長は悪い気がするはずがない。

「まあとにかく、騒ぎが収まったら、タクシーを呼びますので、しばらくこちらでお寛《くつろ》ぎください」

ＶＩＰなみの扱いで、コーヒーまで出してくれた。

「これからどちらまでおいでですか？　われわれとしては、責任上、警備のことも考えないとなりませんのでね」

巡査は固い表情で手帳を広げた。

「湖尻の加堂孝次郎さんの別荘へ行きます」

「ああ、そうしたら、毎年の例のパーティーに出席されるのですか」

「ええ、そうです。よくご存じですね」

「それは、箱根署に勤務している者なら、誰だって知っています。なにしろ、二年続きで死亡事故があったのですからねえ」

「そうだそうですね。僕は今度がはじめての参加ですから、詳しいことは知りませんが」

「そうですね、去年までは広野さんはお見えではなかったですね。そうすると、やはり広野さんも、一流のスターさんになられたということですか」

「ははは、そういうことになるのですか？」

「そうなのではありませんか？　加堂さんのパーティーに招待されるようになれば、トップスターだという話を聞いたことがありますけれど」

「だとしたら光栄ですねえ」

広野サトシは苦笑した。

何もいまさら加堂なんかに、一流の格づけをしてもらわなくたって、とうにトップスターの気分でいる。

「その二年続きの事件ですが」

と広野は訊《き》いた。

「噂だと、殺人事件だということですが、真相はどうなのです？」

「いや、殺人だなんてことはありませんですよ」

巡査は少し慌《あわ》てぎみに言った。

「一昨年のは病死で、去年のは事故です」

「それは公式発表なんでしょ？　ほんとは殺人だと言う人が多いそうじゃないですか」

「そんなことはありません。警察はそうは言っておりません」

巡査はムキになって、それ以上の質問は迷惑だと言わんばかりに行ってしまった。

タクシーが来て、広野は群衆の目を避けるような仕種《しぐさ》を演じながら乗り込み、湖尻へ向けて出発した。

「加堂孝次郎さんの別荘だそうですね」

運転手はバックミラーを覗《のぞ》きながら、嬉しそうに言った。人気タレントの広野を乗せて、しかも湖尻までの長距離を走る幸運に喜んでいる。芸能界に限らず、政財界など有名人の別荘が多いこの土地でも、そういった人たちを乗せることは滅多にない。それぞれが、運転手付きの車で出掛けるからである。

「加堂さんのパーティーだけど、事件があったの、知ってる?」

ぼんやりと車窓《しやそう》を流れる冬の別荘地を眺めていた広野は訊いた。

「ええ、知ってますよ。われわれの仲間うちじゃ、今年はどうなのだろうって、評判ですからね」

「そう、そんなに有名なの」

「そりゃね、大スターばかりが集まるんでしょう? 死んだのはスターじゃないから、マスコミはわりと騒がないけど、地元じゃ噂でもちきりでしたよ」

「そうすると、みんな何かが起これぱいいと思っているんだろうね」

「へへへ、まさかそうは思ってないと思いますけどね」

運転手の言い方は、逆に広野の質問を肯定《こうてい》しているように聞こえた。

4

「あんなおっちゃんの招待に、なんだってあたしたちが行かなければならないの?」

堀内由紀はコンパクトの鏡で唇の端のただれ具合を気にしながら、言った。「一時引退」して以来、食事の不摂生《ふせっせい》がつづいたせいか、このところ胃の調子が思わしくない。おまけに生来の貧血性で寝起きが悪く、午前中はどうしても気分が晴れないし、化粧の乗りも悪いのだ。

「そう言ったってさ、加堂さんといえば、腐っても鯛《たい》だよ。マスコミやテレビ局のお偉方《えらがた》とのコネも強いし、すごい財力にものを言わせて、かなりゴツいこともやるらしいじゃないか。タレントの一人や二人、あのじいさんの命令一つで干上《ひあ》がるっていう話だよ」

神保照夫はハンドルに顔を向けたまま、気弱そうに言った。神保にしてみれば、天下の加堂孝次郎のパーティーに招待されたことだけでも感激ものなのだ。

今年の神保はツキにツイていた。正月に思いがけなくも堀内由紀からプロポーズされたのを皮切りに、ドラマの仕事はどんどん舞い込むわ、まるで棚からぼた餅《もち》式にスターダムに伸《の》し上がった。六月には由紀と二億円をかけた豪勢な結婚式を挙《あ》げ、順風満帆《じゅんぷうまんぱん》、まさにわが世の春を謳歌《おうか》している。

もっとも、それもこれも妻の由紀の人気に負うところばかりだから、外では偉そうなことを言っていても、家に帰れば借りて来た猫同然の身分に甘んじざるをえない。

「そんなの迷信よ。いまどき加堂孝次郎なんかの言うことを聞くプロデューサーなんか、よっぽどの窓際族でもなければ、いるもんですか」

由紀は圧倒的な人気を背景に、局のプロデューサーだろうが、映画監督だろうが、気に入らなければ手当たり次第に毒づくことで有名だったが、芸能界から遠退《とおの》いても、相変わらず鼻っぱしらは強い。その対象が亭主一人に変わったというだけのことである。むしろ、ファンに囲まれていた華《はな》やかな生活への回帰欲求が強いだけ、かえってフラストレーションが高じて、亭主に当たり散らす傾向が強くなってきている。

だいたい、神保の人気が上がったからといって、引退前の由紀の稼ぎ高とは較べものにならないのだ。神保照夫はたしかにハンサムだが、人間としては中身も薄く、肝心《かんじん》の芝居にしたって、ひどい大根だった。したがって、ドラマの役柄といえば、スタントマン紛《まが》いの危険なアクションを要求されるようなものばかりだ。強《し》いて長所を挙げれば、由紀に対して従順で、まるで家来のように何でも言うことを聞く点だけれど、それも男としては物足りなく、長く付き合っていれば飽きもくる。

（こんなことなら広野サトシのほうにしておけばよかったかしら——）

などと、由紀は思ったりもする今日この頃なのであった。

堀内由紀が広野と別れたのは、広野が結婚後は芸能界を完全引退してくれと注文を出したからである。表向きは、それに対して由紀が反発を感じたために婚約が解消された——

ということになってはいるけれど、事実は少し違う。まあ、たしかに由紀のほうにも芸能界への未練があったことは事実だが、それよりも由紀の所属プロダクションの意向が強く作用した。

何といっても堀内由紀はドル箱タレントである。その由紀をトンビに油揚《あぶらあ》げのようにさらわれたのでは、たまったものではない――というわけで、世間を騒がせた「破談劇」が演じられたというのが真相だ。

したがって、由紀にはまだ広野サトシに対する少なからぬ未練がある。破談以後、広野に天下の同情が集まり、それ以前はやや下降ぎみであった人気も盛り返し、かつてのアイドルタレントから、いまや渋味《しぶみ》を増した二枚目俳優として、芸域を広げつつある広野を見ると、選択を誤った――という怨《うら》みも湧いてくるのだ。

(もし、神保と離婚するようなことにでもなったら、今度こそサトシと結婚しちゃうんだけどな――)

由紀はひそかにそう思うけれど、神保のほうから離婚話が持ち上がる可能性は金輪際《こんりんざい》、期待できそうになかった。だからといって由紀から三行半《みくだりはん》を突き付ける大義名分もありそうにない。相当な無理難題を言っても、神保は「はいはい」と従って、およそ反抗する気配を見せない。

強いて挙げるなら、芸能界にカムバックするから——という理由ぐらいなものだが、これとても神保は簡単にＯＫするだろうから、離婚の口実にはなりそうにない。

(死んでくれたら——)

由紀は最後に物騒なことを考えて、横目でチラッと夫の顔を盗み見た。

「そういえば、加堂さんのパーティーだけど、必ず人が死ぬっていうジンクスがあるんだって?」

いきなり神保が言い出したから、由紀は自分の気持ちを読まれたかと、思わずドキッとした。

「らしいわね、でも、偶然なんじゃない。ドンチャン騒ぎで飲み過ぎてさ」

「だけど、事務所の連中は気をつけろって言ってたよ」

「気をつけろって、何にどう気をつければいいって言うのよ」

「だからさ、あまり飲み過ぎないようにするとかさ」

「ばかばかしい。パーティーに行ってそんなこと気にしてたら、面白くもなんともないじゃないの。わたしはジャンジャン、遠慮なしに飲んでやるわ」

由紀はコンパクトをパタンと畳《たた》んで、「もうそろそろね」と窓の外を覗いた。

5

「なんだか夢みたい」

もう何度目かの同じ言葉を、芳賀幹子《はがみきこ》は呟《つぶや》いた。

「赤塚さんの車で、中原さんと一緒のパーティーに連れて行ってもらえるなんて」

「そんなに喜んでもらえたら、僕かてこの役割を買《こ》うて出た甲斐《かい》があったというもんやな」

赤塚三男はばかばかしいのを我慢して、生欠伸《なまあくび》と一緒に言った。

パーティーの同伴者に芳賀幹子を——ということは、車に乗るまで知らなかった。マネージャーからその話を聞いて、思わず「げっ」と言ったものである。

「清さんの彼女と一緒て、それマジかいな？　おれもいまや清さんをしのぐ人気だいうことは知ってるけど、ひとの彼女にまで手ェ出す気はあらへんで」

「違いますよ、いやだなあ。ただ単に、中原さんの彼女を乗せて行ってやって欲しいってことなんです」

「なんや、清さんがそう言うんかいな？　勝手やからな、あの人は」

「そうじゃないんです。そういう注文を出したのは、加堂さんなのです。秘書の人からわざわざ電話があって、必ず芳賀幹子さんを同伴するようにという話でした」

「え？　加堂のじいさんが？　どういうことや、それ？」

「さあ、よく分かりませんが、たぶん中原さんのためを思ってやっているのではないかと思います。それに赤塚さんに適当な同伴者がいないのを見越してのことかもしれませんけどね」

「あははは、それは言えてるわな。おれかて、誰を選ぶいうたら、ええかげん困るで。あちらを立てれば、こちらが立たん言うて面倒くさいことやもんな」

結局、そのことが決め手になった。

それにしても、中原清ともあろう者が、平凡な女を好きになったもんだ——と、赤塚は隣りにいる芳賀幹子を眺めてはつくづく思うのであった。日頃、女優のような華《はな》のある女性ばかり見慣れているせいでもあるのだろうが、幹子はどちらかといえば地味な女性である。

（これやったら少しトウが立っているけれど、古女房のほうがマシとちがうやろか——）

そう思いながら、ふと赤塚は今日のパーティーに中原は誰を同伴するのだろう——と疑問を抱いた。

（まさか、カミさんを？——）

しかし、こうして赤塚に愛人を同伴させるということは、つまり中原が本妻を連れて行くためだからとしか考えられない。

（ヤバイで、これは——）

パーティー会場で妻と愛人を鉢合《はちあ》わせさせようというのが、加堂老人の書いたシナリオなのかもしれない。

「あははは……」

赤塚は我慢できなくなって、笑い出した。

「何がおかしいんですか？」

幹子はキョトンとした目を向けた。

「いや、ギャグを思いついてさ、自分でウケて、思わず笑うてしもた」

「へえー、どんなギャグなんですか？」

「そら教えられんわ、企業秘密やさかいにな。しかし、このギャグはおもろいで、うまいこと当たったら、会場に血ィの雨が降るかもしれん」

「ギャグで血の雨がですか？」

幹子はどこまでも真面目《まじめ》一本槍《やり》だ。こういう真面目な女性を愛した中原の気持ちが、赤塚にもふと理解できるような気がした。口を開けばギャグ、ギャグ、ギャグに明け暮れる者にとって、そういうものの通じない世界は、自分の存在しか見ることのできない、暗く深い洞窟《どうくつ》みたいなものだ。ふだんは無視して通るけれど、どうかすると、そこへ落ちてしまいたい衝動に駆《か》られる時がある。そこにほんとうの自分が落ちているように思えたりもするのだ。

「きみ、清さんと結婚するんか?」

赤塚は残酷なことを訊いた。

「分かりません、そんなこと……」

幹子は悲しそうな目になった。

「そら分からんやろな、あの奥さんもかなりのイケズらしいしな。そやけど、結婚なんかせんと、友達でもええやないの。セックスフレンドいうて、そういうのナウいのとちがうか?」

「私はそれでもいいと思っているんですけど、中原さんがいやなんですって」

「古風やからなあ、清さんは。あのひとは進んでいるようでいて、本質は古風なんよ。そやから、彼女といるところをマスコミの連中に追っかけられたりすると、ムキになって怒ったりもするわけや」

「でも、そういう中原さんが好きなんですから」

「げっ、あんたもシラッと、よう言うわ」

赤塚は苦笑した。今どき珍しいくらい古風な恋愛関係にある二人を羨《うらや》ましく思う反面、この分だと、いよいよパーティー会場での「対決」が興味津々《きょうみしんしん》という気分でもあった。

6

仙石原《せんごくばら》から来た道が湖尻の船着き場から一転、大涌谷《おおわくだに》の方角へ向けて登りにかかって間《ま》もなく、斜面の途中に岐《わか》れ路《みち》がある。そこから二〇〇メートルばかり、林の中に入ったところに、煉瓦《れんが》づくりの大きな門があった。門扉《もんぴ》と、左右に連なる塀は鉄格子《てつごうし》で、見るからにいかめしい感じだ。

広野サトシがタクシーを降りると、小屋から門番の老人が出て来て、重そうに扉を開けた。老人は黒いダブダブのコートを着、エスキモーが被《かぶ》りそうな毛皮の帽子を目深《まぶか》に被っている。よほど偏屈な性格とみえ、終始うつむきかげんにしていて、愛想のないことおびただしい。

門を入ってすぐのところが駐車場で、先客のものらしい車が数台、停《と》まっていた。その最後の一台から俳優の谷川秀夫《たにがわひでお》と、彼の夫人で女優の白井美保子《しらいみほこ》、それに娘でやはり女優の令奈《れな》が降りて来た。

「お早うございます」

三人は声を揃えるようにして、芸能界独特の挨拶《あいさつ》を広野に送って寄越した。

「あ、お早うございます」

広野も陽気に挨拶を返した。

「ちょうどよかった。独《ひと》りで心細かったんですよね。ご一緒させてください」

「もちろんですよ、われわれはそのためにあなたをお待ちしていたのですから」

谷川は笑いながら言った。

「え？　待っていてくださったんですか？　でも、どうして？」

「このパーティーは必ず同伴者が必要なのです。あなたには令奈をパートナーにさせていただこうと思いましてね。いや、加堂さんがそうするようにと勧《すす》めてくださったのですよ」

「え？　令奈さんを？……」

驚く広野の視線の先で、谷川令奈はつつましくお辞儀をした。母親も若い時には映画会社を代表するほどの美人スターだったが、令奈も母親譲《ゆず》りの純日本的美人だ。何よりも色が白いのが特徴的で、ことさらに彼女の美しさを強調している。

「まあ、広野さんにはいささかご不満でしょうが、ひとつ、間に合わせのつもりで付き合ってやってください」

ふつうの人間だと嫌味に聞こえるが、谷川の真面目そうな雰囲気で言われると、単純に恐縮してしまう。

「間に合わせだなんて、とんでもありませんよ。令奈さんのお供《とも》ができるなんて、光栄のいたりです」

「ははは、広野さんもお世辞を言える年配になったということですかなあ」

谷川は笑って娘を手招いた。令奈は、それが彼女の癖のいくぶん前屈《まえかが》みの姿勢で、遠慮深げに近づいて、小首を傾《かし》げるようにして、ペコリとお辞儀をした。

「よろしくお願いします」

「こちらこそ。やあ、いつ見てもきれいですねえ」

広野はまぶしい目になった。令奈とは時折、スタジオで顔を合わせることはあったが、いつも遠くから目礼を交《か》わす程度で、話したことはない。広野は歌の仕事が多いし、令奈は純粋にドラマ畑の人間だからということもあるけれど、それよりも、令奈が谷川・白井夫妻のガードが固い、典型的な箱入り娘だからである。いまどき芸能界にいて、これほど純粋培養された女性も珍しいのではないか、という評判だ。

「僕は嬉しいですが、しかし、加堂さんもずいぶん無理なお願いをしたもんですね。ほんとに僕なんかでいいんですか？」

「何をおっしゃる。広野さんはスターじゃないですか。われわれのほうこそ光栄に思っていますよ。そうだろう？　令奈」

「ええ」

令奈は恥ずかしそうに微笑した。

四人が連れ立って歩き出そうとした時、門番の老人がノソッと寄って来て、「車のキーをお預かりします」とダミ声で言った。どこまでも感じの悪い老人だが、谷川は表情も変えずに黙ってキーを渡した。

その時、また一台、門の外に車が到着した。

「あらっ……」

白井美保子が思わず「堀内由紀さんよ」と言いかけて、急いで言葉を呑み込んだ。

一瞬、気まずい空気が漂《ただよ》いかけたが、谷川が何くわぬ顔で、「さ、行きましょうか」と広野を促《うなが》して、大股で建物のほうへ歩き出した。

7

芦ノ湖スカイラインは箱根の外輪山《がいりんざん》の西の尾根筋を行く快適な道である。尾根や山頂はほとんどが丸坊主のような土地だから、どこからでも展望が利《き》いて、ことに富士山を正面に眺める雄大な風景は絶品だ。

しかしこの時期ともなると、北西の風が肌を刺すほどに冷たく、さすがに山頂付近で車を降りて散策する人間はごく少ない。

「湖尻というとあの辺《あた》りかな」

浅見光彦は双眼鏡を覗いて、言った。

「加堂氏の別荘までは見えそうもないね」

「もういい加減にして、車に戻りましょうよ。これじゃ、殺される前に凍死してしまいそう」

野沢光子は悲鳴を上げた。

「あれから一昨年と去年の事件というのを、いろいろ聞いてみたのだけれどね、どうも単なる病死と事故死という感触しか得られないんだよね」

車に戻ると浅見は言った。

「警察がそう言ってるの?」

「うん、そうなんだ、兄に頼んで調べてもらった。まあ、だからといって、警察の言うことを丸々、本気にするつもりはないけれどさ。しかし、少なくとも、事件扱いにするほど、決定的な要因はなかったらしい」

「だったら、やっぱり加堂孝次郎氏の取越し苦労ってこと?」

「かもしれないね」

「なあんだ、つまんないの」

「へえー、じゃあミコちゃんとしては、殺人事件が起きたほうがいいっていうわけか」

「まさか……そうじゃないけど、でも、ちょっぴりスリルがある状態のほうが、面白いかなとか思ってたのよね」

「ひどいもんだな。女っていうのは本質的には残酷だという説があるけど、まったくだね」

「そうよ、思い込んだら何を仕出かすか分からないんだから。感情の昂《たか》ぶり次第では、それこそ殺人だってやっちゃったりするわよ」

「怖い怖い……」

浅見は首をすくめて、車を発進させた。

芦ノ湖を半周して湖尻に出る。地図がなければ見当をつけにくい林の中の路《みち》を行くと、外国映画にでも出てきそうな門が現われた。車を近づけると門番の老人が黙って鉄の門扉を開いてくれた。

「車はそこに停めてください」

老人は無愛想に言って、駐車場を指さした。すでに数台の車が並んでいる。ひときわ目立つのは白いロールスロイスだ。ほかの車もほとんどが外車だが、ばかでかいロールスロイスと比べると、かなり見劣りがする。

車を出ると、老人が「キーを」と手を差し出した。まったく愛想のないじいさんだが、ほんの一瞬だけ、重装備の毛皮の帽子の下から、窺《うかが》うように浅見を見た眼が、かすかに笑ったような気がした。

(ん？――)

浅見はひっかかるものを感じて振りかえったが、その時すでに老人は番小屋の方へ向かって背中を見せていた。

ポーチに立ってチャイムボタンを押すと、すぐにドアが開き、執事《しつじ》の服装をした五十代半ばか六十歳そこそこかと思えるような男が現われた。長身で、ほとんど女形《おやま》を思わせる、細めの端整なマスクだが、そのくせ、どことなく疲れたような、あるいは汚れたような印象を抱かせる男だった。

「失礼ですが、どなた様でいらっしゃいますか?」

男は怪訝《けげん》そうな顔で訊いた。常連でない新顔に戸惑《とまど》った様子だった。

「ご招待いただいた浅見という者です」

浅見はポケットから招待状を出して男に渡した。男は招待状を広げて、それでもなお不審そうにしていたが、中の文面を読み下すと、ようやく頭を下げて言った。

「失礼を申し上げました、どうぞお入りくださいませ」

男は顔を伏せぎみにしているけれど、浅見はふと、男の顔にどことなく見憶《みおぼ》えがあるような気がした。むろん知人ではないし、どこかで会ったという印象でもないのだが、それでも記憶にある顔だと思った。

「失礼ですが、あなたのお名前は何とおっしゃいますか?」

浅見は聞いた。男は当惑した表情を見せたが、やや間を置いて、「執事の平山《ひらやま》です」と名乗った。

「平山、何とおっしゃいますか?」

「平山辰男《たつお》と申します。本日のパーティーのために雇われました者で、お客さま方のお身の回りのお世話をさせていただきます。とりあえず、コートとお荷物をクロークにお預けください」

「そうですか、よろしくお願いします」

浅見は平山の差し出した手にコートを委《ゆだ》ねた。名前を聞いても、平山の素性に思いつくものはなかった。

浅見と光子が玄関ホールを抜けて、紫檀《したん》か何かでできているらしい重そうな大きなドアを開けると、そこは畳数にすれば五、六十畳以上はありそうなホールであった。

正面の壁には暖炉《だんろ》が赤々と燃え、毛足の長い濃いベージュ色の絨毯《じゆうたん》を敷きつめたフカフカの床のあちらこちらに、ルイ王朝時代を彷彿《ほうふつ》させるような洒落《しやれ》たテーブルと椅子《いす》が散らばっている。

平山に先導されて入って来た二人の新しい客に、彼らの視線がいっせいに集中された。二人は気圧《けお》されて、思わずペコリと頭を下げてしまった。

そこにいる連中は、浅見も光子もテレビやスクリーンで馴染《なじ》みの顔ばかりだったが、先方はもちろんこっちの素性を知るはずがない。一瞬、（誰かな？——）という気配はあったけれど、じきに、これは大した客じゃない——と判断を下したらしく、ほとんど無視するように、それぞれの会話を再開してしまった。

浅見にしろ光子にしろ、こんな具合に有名人ばかりが集まったパーティーというのは初めての経験である。浅見はいつものラフなブルゾンではなく、一張羅《いっちょうら》のスーツを着てきたし、光子にしたって、一昨年の暮れに無理して買ったドレスで決めてきたつもりだ。しかし、そこに居並ぶお歴々の前に立つと、どうにもみすぼらしい。

客たちの中には、すでに部屋で着替えを済《す》ませてきた者もいるらしい。男性たちのほとんど——永井智宏、谷川秀夫、神保照夫、それに広野サトシの四人は、いずれもスーツをさりげなく着こなしている。さりげないといっても、どれも英国調の最上級の生地《きじ》と仕立てであることは、風合《ふうあ》いをみれば一目瞭然《いちもくりょうぜん》であった。

中原清は、この男らしい反骨を演出したつもりなのか、三宅一生《みやけいっせい》デザインのカーキ色のフラノの上着に、首には赤いマフラーというでたちである。

もう一人、赤塚三男は濃いカラシ色のズボンに、同系色のこまかい模様の入ったシルクのシャツという、そのままひょうきんなドラマの役どころをこなせそうな、陽気な恰好《かっこう》だ。

女性客のほうは文字どおり妍《けん》を競うあで姿といったところである。

三島京子は彼女の南国的な容貌をより強調するような、黒のノースリーブのワンピースに、スペイン製の金ラメの入った黒のストールを肩に載《の》せている。

白井美保子はノーブルな個性を引き出すように、ロイヤルブルーのオーガンジーのブラウスに銀色のスカート。

若い令奈は、ニナ・リッチの赤いドレスにプラチナのネックレスという、ほとんど意表を衝《つ》くようなアンティークな雰囲気で纏《まと》めている。

堀内由紀は引退以前と少しも変わらない、淡いピンクのフリルたっぷりのドレスの中に、埋没してしまいそうだ。

中原の妻の幸枝は、ことさらに「妻の座」を強調するかのような和服姿。それとは対照的に、芳賀幹子はオフホワイトのアンゴラのワンピースに金ラメのサッシュをきゅっと締め、若さをアピールする構えだ。

浅見はあまり感じないタチだが、光子はさすがに気後《きおく》れがして、無意識のうちに浅見の背に隠れるような態度を取っていた。

浅見と光子を空《あ》いているテーブルに案内しおえて、平山が引き下がろうとした時、三島京子の声がかかった。

「ねえ、ちょっとあなた」

平山はギクリとしたように立ち止まり、京子のほうに体を向けた。相変わらず、腰から上を十五度ほど斜めに傾け、目を伏せぎみにし、顔は床に向いた姿勢である。

「は？　何か？……」

「加堂さんがまだ出てみえないけど、どうなさったの？」

「申し訳ありません。もう少々お待ちください。主人はまもなく参ると存じます」

「加堂さんはどこにいらっしゃるの？　もうこのお屋敷にはいらしてるんでしょうね？」

「いえ、まだでございます」

「まだ？……って、あなた、肝心のご主人がまだいらっしゃらないんじゃ……どういうことなのかしら？　これ……」

「さあ……」

「さあって、あなたはこの家の執事なんでしょう？　ご主人のご予定も把握していないの？」

「申し訳ありません。なにぶん、俄《にわか》に雇われた者でございますので」

「あら、それじゃ臨時雇いの人なの？　変な話ねえ。今年はなんだかいつもと違うみたいだわ。お客さんの顔触れも違うし、どういうことなのかしら？」

「そうだよ、きみ」

妻の尻馬《しりうま》に乗るように、永井智宏が言い出した。

「あの森下守君も来ていないしさ、毎年見えている政財界の人たちも一人も見えていない。接待係の人だって、あんたともう一人、女の人がいるだけで、知った顔は誰もいないじゃないの」

「はい、不行届《ふゆきとど》きの点はお許しくださいませ」

「いや、べつに不行届きっていうことはないけどさ。だけど、ほかのお客さんは遅れているの?」

「いいえ、わたくしが承っておりますお客さまは、皆さまおいでになりました」

「えっ? じゃあ、これで全部ってこと?」

「はい、さようで」

「驚いたなあ、たったこれっぽっち? 加堂さんのパーティーがこんな少ない人数なの? どうかしてるんじゃないの?」

ほかの連中もざわめき出した。何かは分からないけれど、なんとなく異常なムードを感じはじめている。

8

「そうか、思い出しましたよ」

ふいに谷川秀夫が声を上げた。ホールを支配する異様な雰囲気をかき消すような勢いであった。

「あなた、片岡《かたおか》さんでしょう？　ほら、あなたですよ、執事さん」

言いながら、谷川は執事に歩み寄って行った。執事は前屈みの上体をいっそう俯《うつむ》けて、具合が悪そうな顔をしている。

「やっぱりそうでしょう？　あなたは片岡さんです、片岡清太郎《せいたろう》さんですよ」

「あら、ほんと、片岡清太郎さんだわ」

三島京子も気がついた。

「驚いた、あなたこんなことをなさっていらっしゃるの？　どうして？」

京子は自分の言っていることが、どれほど片岡にとって残酷なものであるか、まるで気がついていない。

「いやあ、奇遇ですねえ。あなたが体をこわして、芸能生活をおやめになったことは知っていたが、その後どうしておいでか、ちっとも消息が分からなかった。でも、お元気そうで何よりですよ」

さすがに谷川は如才《じょさい》がない。

「片岡清太郎って、誰なのですか？」

広野サトシが白井美保子に訊いている。

「ああ、あなた方の年代の方は知らないでしょうねえ。片岡さんっていったら、かつての京都《きょうと》映画全盛の頃の二枚目俳優よ。いまで言えば、そう、ちょうどあなたみたいな存在っていうことになるかしら」

「へえーっ……」

広野はそう言われて、急に他人事《ひとごと》とは思えなくなったように、あらためて片岡の姿に見入った。そういえば老いたりとはいえ、端整な顔立ちに、往年の映画俳優の面影《おもかげ》がかすかに残っている。

片岡清太郎は自分の素性がバレたことで、ますます小さくなった。

「どうもしばらくです」

谷川に頭を下げ、小さい声で答えるのもやっとの思いといった感じである。

「みっともない姿をご覧に入れてしまって、笑ってください」

「とんでもない」

谷川は両手を差し延《の》べて片岡の手を握った。

「笑うどころか、あなたの元気な顔を見て、ただ嬉しいのと懐《なつ》かしいばかりですよ。奥さんはお元気ですか?」

片岡はつらい質問に当惑げであったが、諦《あきら》めたように答えた。

「ええ、なんとか。今日もこのパーティーに一緒に雇われております」

「えっ？　するとあの、さっきの女性が立花《たちばな》かおるさん？……」

（あのお姫さま女優の立花かおるが――）

見るかげもない初老のメイド姿と思い較べて、谷川は絶句した。

「昔のことは忘れてください」

片岡は寂しそうに言って、卑屈な微笑を浮かべた。一世を風靡《ふうび》した銀幕のスターにしては、あまりに物悲しさを感じさせる笑《え》みであった。

「いや、なに、歳《とし》をとったのはお互いさまですよ」

「そんなことはありません。谷川さんは相変わらず立派だし、奥さまもお美しい。それにお嬢さんの令奈さんも……」

片岡は令奈のほうをまぶしそうに見た。

「お幸せで何よりです」

「はあ、お蔭さまでどうにか……」

まだ懐旧談がつづきそうなところに、赤塚三男が割って入った。

「あの、お話し中ですけど、パーティーのほうはいったいどないになるのです？」

「申し訳ありません」

片岡はふたたび執事のポーズに戻った。

「主人からは、定刻になったら始めていただくようにと申しつかっております。まもなくテーブルの用意も整いますので、あとしばらくお待ちください」

「ほんまですか。そしたらよろしく頼みまっせ。僕、おなかが空《す》いて死にそうですねん。サンマの開きでも何でもよろしいから、早く食べさしてください」

「はい、かしこまりました」

片岡は慇懃《いんぎん》な物腰で、足早に立ち去った。

「変われば変わるものだねえ」

永井智宏が感嘆の声を発した。

「あの美男スターが、いまは日雇いの執事とはねえ。立花かおるも大変な玉の輿《こし》に乗ったもんだ」

「そんな言い方は失礼ですわ」

白井美保子が窘《たしな》めるように言った。

「いくら昔、あなたが立花さんにふられたからといって、人さまの不幸を悪《あ》しざまにおっしゃるものじゃありませんわよ」

「ほっほ、きびしいことを言いますねえ。さすが人格者ですなあ。うちのカミさんとはえらい違いだ」

「どういう意味よ、あなた」

三島京子が険《けわ》しい目で夫と美保子を等分に睨《にら》んだ。ヤクザの情婦役を演じたことがあるくらいだから、その眼差《まなざ》しには人を射すくめるものがある。

「べつに深い意味はないさ。きみは物分かりがいいって言ったまでだ」

「つまり、それが人格の欠如《けつじょ》だというわけなの？　そりゃね、白井さんは高潔な人格をお持ちかもしれないけど、人間、誰も見てないところじゃ何をしているか分かったもんじゃないのよ」

「お言葉ですけれど……」

白井美保子は色白の顔をいっそう白くして、京子を真《ま》っ直《す》ぐに見た。

「そういうおっしゃり方ですと、まるで私が陰でよからぬことをしているように聞こえますけれど」

「あら、そうかしら？　それはあなたの僻《ひが》みというものじゃないの？　それとも、存外、痛いところを衝《つ》かれたためかしら？」

「失礼な！……」

美保子は唇を震《ふる》わせた。

「まあまあ、そんなに興奮せんと。せっかくのパーティーやおまへんか、もっと楽しくやりまへんか」

赤塚三男が、彼がよく使うギャグそのままの煽《あお》ぐようなオーバーな手付きで、二人の女の険悪な言い合いに水を差した。

この騒ぎの中で、日頃の饒舌《じょうぜつ》にも似ず珍しく沈黙を続けているのが中原清だった。もちろん幸枝夫人もだんまりである。二人とも時折、チラッチラッと赤塚三男の隣席にいる芳賀幹子に視線を走らせる。それでいて、夫妻が互いの目を見るということはまったくない。

刺すような視線を感じた幹子はあらぬ方角を見つめたまま、硬《かた》くなって、身じろぎひとつできないでいる。

もうひと組、複雑な想いの夫婦がいた。いうまでもなく神保照夫・由紀夫妻である。思いもよらず、由紀のかつての婚約者である広野サトシが出席している。しかも谷川令奈と両親公認の交際をしているらしい。神保も由紀も、べつべつの立場で心中穏《おだ》やかでない状況であった。

それから彼らとは完全に一線を画《かく》して、騒ぎの外にいるのが浅見と光子である。

浅見にとっては、このまるで住む世界の異なる連中の、複雑怪奇な言葉のやりとりや、はたまたしんねりむっつりの無言劇には、興味を通り越して感動すら覚えた。

「ねえねえ、これはいったいどういうことなの？」

光子も瞳を輝かせて浅見にささやいた。

「見たとおりだよ。この顔触れでひと悶着《もんちゃく》起きなかったら、世界中から戦争がなくなるだろうね」

浅見は、万華鏡《まんげきょう》を覗く少年のように、好奇心と期待に胸を弾《はず》ませていた。

9

片岡清太郎執事がドアから静かにその姿を現わした。

「お食事の支度が整いましたので、どうぞ皆様、こちらのお部屋にお越しください」

全員がそのひと言《こと》を待っていたようにすっくと立ち上がった。

ディナーにはまだ早い時間だが、それぞれ昼食の時間がきちんと決まっているような生活とは無縁の連中だから、空腹でない者はなかった。それに、冬の日は短く、林の中は暗い。窓の外は早くも薄紫にたそがれつつあった。

客たちの最後尾から少し離れて、浅見と光子はダイニングルームへ向かった。

「ねえ浅見クン、お食事に毒が入っているなんてこと、あるんじゃない？」

「ああ、あるかもしれないね」

「やだ、どうするの？」

光子は驚いたように足を停めた。

「どうするって、どうしようもないよ。まさか飯を食うなとも言えないし」

「呆《あき》れた。それじゃ探偵さんの役目は務まらないじゃないの」

「そんなに大きな声を出すなよ。ほら、執事がこっちを振り向いたじゃないか」

片岡は遅れている二人を気にして、「どうぞお入りください」と促《うなが》した。

「とにかく出たとこ勝負でいくしかないんだから、大船に乗ったつもりでいてよ」

「何が大船なものですか」

光子は真剣に危惧《きぐ》を感じている。食事や飲み物の中に毒が入っているとすると、自分の前にあるのがそれでないという保証は何もないではないか——。

ダイニングルームは三十畳ぐらいの広さだろうか。

中央に長い大理石のテーブルがあって、左右に七脚ずつと正面に一脚、合わせて十五脚の椅子が並んでいる。白い大理石の荘重さと部屋を彩《いろど》る数々のインテリアの豪華さが見事に調和していた。

それぞれの椅子の前にはネームカードが置いてある。

正面に向かって右の奥から順に、谷川・白井夫妻、娘の令奈、広野サトシ、神保照夫・由紀夫妻と末席に浅見が坐り、向かい合う側には、奥から順に永井・三島夫妻、中原夫妻、芳賀幹子、赤塚三男という配列で末席に光子のカードがあった。ネームカードの置いてない正面の席は、当然、今夜の主催者、加堂孝次郎のものであるはずだ。

浅見と光子は向かい合う恰好になった。

執事の片岡とメイドの立花かおるが料理を満載したワゴンを転がして来た。片岡はともかく、メイドのお仕着《しき》せ姿の立花かおるは、かつての彼女を知る者の目には、なんとも異様に映った。

もう五十をいくつ越えただろう。瑞々《みずみず》しさを完全に失った皮膚には皺《しわ》が刻《きざ》まれ、髪には白いものさえ目立つ。

トレードマークだった大きな目だけは若い頃のままだが、それがかえって悲しく思えるほど、それ以外のすべてに衰えの色が濃かった。

片岡に声をかけた谷川ですら、かおるには遠慮した。文字どおり見て見ぬふりを装《よそお》っている。それが彼女へのせめてもの思いやりといったところだ。

「食事の前にちょっと確かめておきたいことがある」

永井が突然言い出した。一同の視線が「何事か?」と永井の口許《くちもと》に集まった。

「そこのお二人さんだけど、初めてお目にかかるお顔なんでね。ひとつ恐縮ですが、自己紹介をお願いしますよ」

「ああ、そうだ、それがいい」

谷川がすぐに賛成して、「私は谷川秀夫です」と自《みずか》ら名乗った。永井の非礼をすかさずカバーしている。

「僕は」

浅見は生唾《なまつば》を飲み込んで、言った。

「浅見といいます。浅見光彦、物書きの端《はし》くれのようなことをしています。こちらは僕の幼馴染みで、野沢光子さんです」

二人揃って頭を下げた。

「物書きって、どういうものを書いているんです?」

棘《とげ》のある口調で永井が追及した。

「どういうとおっしゃられると……つまりその、雑誌なんかにルポを書いたり、そういうようなつまらない仕事をしています」

「そうすると、いま流行《はや》りのルポライターってことじゃないの？」

「まあ、それに似たようなこともやっています」

「そういう人はこの席に相応《ふさわ》しくないんじゃないのかな」

いままで不気味なほど静かだった中原清が突如乗り出した。眠っていた狂暴な獅子が眼を覚ましたようである。

「ルポライターとかさ、雑誌の記者とかいうの、おれ嫌いなんだよね。嘘ばっかし書きやがってさ、他人のプライバシーに土足で踏み込んで来るようなこと、平気でやっちゃうんだもんね」

「いや、しかし、僕は今日は商売で来たわけではありませんから。加堂さんにご招待されてお邪魔したというだけのことです」

文句があったら加堂孝次郎に言ってくれという意味を、言外に含ませて、言った。

「それならいいんじゃないですか」

谷川が中原を宥《なだ》めた。

「ただし、いまの商売っ気抜きっていうお約束はお忘れなく。ね、浅見さん」

「もちろんです」

浅見はニッコリ笑って軽く頭を下げた。

「それじゃ、まず乾杯といきましょか」

赤塚がおどけた口調で言った。

「乾杯の音頭は……ええと、この中で最年長の人いうたら、どなたさんですか?」

「それは谷川さんでしょうな」

永井が言ったとたん、すかさず妻の京子が横から口を入れた。

「ほんとは白井さんですけどね」

いっぺんに座が白《しら》けた。白井美保子が年齢を五つサバ読んでいることは、知る人ぞ知ることである。

「いいかげんにしなさい」

さすがの永井も、妻の暴言をうんざりしたように窘《たしな》めた。

「いいんですのよ」

と白井美保子は微笑を浮かべながら言った。

「私の営業用の年齢はたしかに主人のより下にしてあるのですから。でも、ありもしない目蓋《まぶた》を一つ増やすよりは罪が軽いんじゃないかしらねえ」

右手を口の前に当てて「ほほほ」と笑った。

10

「加堂先生はまだいらっしゃらないが、ともかく乾杯しましょう」

谷川が重苦しい空気を打ち破る勢いで立った。つられて、全員が仕方なさそうに立ち上がった。

「では加堂先生のご健康と皆さんのますますのご発展を祈念して、乾杯」

「乾杯」「乾杯」と口々に言い交《か》わし、シャンペングラスを軽く触れ合って、思い思いにグラスを乾《ほ》した。

浅見と光子はわずかにグラスに唇を当てた程度で、ろくに中身に口もつけず、緊張して全員の様子を窺《うかが》った。シャンペンには不審な臭いも味もなさそうだったが、ほかの者のはは[sic]たしてどうか——。

別段の変化は現われない。早くも空《から》になったグラスに追加を催促している者がいる。まずは第一ラウンドは無事に通過したらしい。

その時、大ホールの方から音楽が流れてきた。「誰かが誰かを愛してる」という古い歌のメロディーだ。どうやら生《なま》演奏らしい。

浅見は立って行って、間のドアを開けてみた。

驚いたことに、ついさっきまで何もなかったホールに六人のバンドがいて、演奏を始めていた。物音ひとつ立てないあまりの手際《てぎわ》のよさには、感心するより、むしろ背筋が寒くなってしまった。

「いったいあの連中は、いつの間《ま》にどこから現われたんだい?」

シャンペングラスを手にしながら、中原も薄気味悪そうに浅見の脇を通して、隣りの様子を覗いている。

「それに何よ、あのメロディー。陰気くさいったらありゃしない」

三島京子は毒づいた。たしかに、京子の言うように、このスローテンポでマイナー音階のラブソングは現代の感覚ではやや湿っぽい印象がある。

「ねえ、誰か言って止《や》めさせてよ」

その言葉が消えないうちに、どこからともなく歌声が流れてきた。

——Everybody kills somebody sometime——

「なんだい、あの歌?」

永井が眉《まゆ》をひそめて言った。みんなが一様に歌声の落ちてくる天井の方を不安そうに見上げた。

「あれ、加堂さんの声じゃない?」

「そうみたいだな、加堂さんの声だな」

あれほどいがみあった仲だけれど、その意見では一致を見た。

「それにしても、おかしな歌詞だよ」

本来なら「Everybody loves somebody」と歌うべきを「kills」と歌っている。

「誰かが誰かを殺してるか……こいつは面白いブラックユーモアだな」

中原が乾いた笑い方をしたが、誰もそれには乗らなかった。

「加堂さんにしては、つまらないいたずらをするものだなあ」

谷川が生真面目《きまじめ》な口調で言った。妙な雰囲気になってきたが、料理のほうはおかまいなしにどんどんテーブルに並び、飲める者はグラスを口に運ぶピッチが上がっていた。

料理はフランス料理あり、中華風のものあり、そうかと思うと松葉《まつば》ガニの豪勢なのがデンと据《す》えられたりで、息もつかせぬ見事さであった。

大抵《たいてい》は大皿に盛られた料理を、銘々皿《めいめいざら》に取って食べる仕組みだが、中には貝類を使った凝《こ》った酢の物など、小鉢に入ったものも供《きょう》された。和・洋・中の折衷《せっちゅう》料理の粋《すい》を極めたともいえる、変化に富んだテーブルに、客たちは大いに満足した。

バンドのほうもほかの曲を演奏するようになって、ディスコ調の曲が始まると、ようやく雰囲気は盛り上がってきた。

「きみたち、踊ってきたらどう?」

谷川が広野サトシと娘の令奈に言った。

「そうですね、踊りましょうか」

広野は立って、令奈を誘った。まったくこの青年は外国映画を切り取ったようなマナーを演じて、それがサマになっている。

令奈も優雅に振舞い、広野の腕に手をかけて隣りの部屋へ向かった。

「なんだか平和そのものになってきちゃったわね」

光子は腕時計を覗くような素振りで、浅見の方に身を乗り出して、小声で言った。

「なんだ、まるでそれじゃいけないみたいな口振りだね」

浅見は大好きな、車海老《くるまえび》のチリソース煮を頬張《ほおば》りながら、笑った。

「だけど、ストーリーは着々進行しつつあるような気がするよ」

浅見は笑いの残る顔で、聞きようによってはゾッとするようなことを言った。

「さっきの歌ね、あれがただのシャレや冗談だとは思えない」

「じゃあ、加堂さん自身が何か事件を起こそうとしているってこと?」

「さあ、それはどうか分からないけど……」

中原清がテーブルの反対側から声をかけて寄越した。アルコールが回ってきたようだった。

「そこのお二人さん。浅見さんとかいうあんたさ、コソコソ何を話しているんだい？　どうせ芸能人の悪口なんだろう？　あんたたちみたいな文化人だとかインテリってやつはさ、おれたちの芸には結構喜んでいるくせに、何かっていうと下風《かふう》に見たがるんだよな。下《くだ》らねえ芸で銭儲けばっかしやがってとかさ。とにかく冷たいんだよねえ。あんたもそのクチなんだろ？」

「僕はそうは思っていませんよ」

浅見はニコニコ笑いながら応じた。中原はかなり酔っているし、彼の言うことも分からないではない。

文化人だとか評論家だとかいう種族の多くが、社会やマスメディアにおもねって、御都合主義や日和見《ひよりみ》的な言葉の羅列《られつ》でメシを食っていることは確かなのだ。

現に浅見だって、雑誌が要求すれば、それに即した「ドキュメンタリー」記事を書くことだってないわけではない。いわゆる心ならずも——というやつだ。

心ならずも悪魔に魂を売って生活の糧《かて》を得ているのは、芸能人だって同じことである。そのくせ、文化人は芸能人を、芸能人は文化人を罵《のの》り合うなどというのは、目クソ鼻クソの類《たぐい》ではないか。

そう思っているから、中原が酔いにまかせて何と毒づこうと、いっこう気にならない。

「そういうオツにすましたポーズが気にいらねえんだよなあ」

中原は立ち上がった。

妻の幸枝は知らん顔をしているが、二つ隣りの席の永井が席を立って来て、中原の肩を押さえた。

「まあまあ、ここではそういう硬い話は抜きにしましょうや」

「いや、言わせてもらいますよ、冗談じゃねえんだ、まったく」

中原が永井の制止を振り払おうとした時、キッチンへ行くドアの向こうで悲鳴が上がり、ほとんど同時に床に食器類が散らばるすさまじい音が響いた。

全員がギョッとして動きを止め、それから立ち上がり、周囲の顔と見交わしながら、スローモーションのようにドアへ向かった。

バンドも演奏を止めて、踊っていたはずの広野と令奈が顔を覗かせた。

「いよいよ始まったのかしら?」

末席にいる光子は、浅見の袖を引くようにして言った。

「さあね。だとすると、最初の犠牲者は立花かおるさんということになるけど……」

浅見は光子に腕を貸して、全員の動きを観察しながら、ゆっくりと歩き出した。

第二章　開幕ベルは鳴らなかった

1

隣室は惨憺《さんたん》たる有様《ありさま》であった。料理を満載したワゴンがひっくり返ったのだろう。大きな銀盆や皿、その他もろもろの食器類とそれに盛られた色とりどりの料理が、床一面にばら蒔《ま》かれていた。

そしてその真ん中にうつぶせに倒れているのは立花かおるだ。小柄で痩《や》せ型のかつてのお姫さま女優は、長すぎるスカートの裾が膝上まで捲《まく》れ上がった状態で、なんとか起き上がろうともがいている。

腕や脚や服のいたるところに赤い血潮《ちしお》のように付着しているのは、ケチャップかパプリカで、怪我《けが》はないらしい。

「生きてるわ」

野沢光子が浅見の耳にささやいた。

「しいっ」

浅見は慌《あわ》てて唇に人差し指を当てた。

「どうしたんだ?」

永井智宏が怒鳴《どな》った。

「すみません」

立花かおるは料理でヌルヌルになった床から、なんとか両腕をついた恰好で起き上がり、客たちに哀れっぽい目を振り向けた。

「怪我は?　大丈夫ですか?」

谷川秀夫が優しい口調で訊いた。

「はい、大丈夫です」

頭を下げたとたんに、かおるはまた滑《すべ》って床にのめった。

その時になってようやく、キッチンへつづくドアから、かおるの夫の片岡清太郎が飛び込んで来た。

「どうしたの?」

かおるのところへ駆け寄ろうとして、当の片岡までが足を滑らせ、みごとな尻餅《しりもち》をついた。執事の白いお仕着せが料理の飛沫《ひまつ》で極彩色に彩《いろど》られた。

「あははは……」

中原が笑った。つられるようにして赤塚も笑った。いや、十四人の招待客のうち、笑わなかったのは浅見と光子、それに谷川夫妻ぐらいなものである。あとの十人はゼスチャーの大小こそあれ、大抵が吹き出した。

「笑いごとじゃないでしょう」

谷川夫人・白井美保子が厳しい口調で娘の令奈を叱った。

「ひとの不幸を笑うような、はしたない真似《まね》をするものではありませんよ」

令奈は首をすくめたが、美保子がほかの全員に聞こえるように言ったことは、その声の大きさからも分かる。

さすがに、永井夫妻は笑いを収めたが、若い赤塚三男は、笑いが止まらない。中原清にいたっては、美保子の言葉に反発するように、わざと声を張り上げて笑いつづけた。

中原の哄笑《こうしよう》を恨《うら》めしそうに見上げながら、片岡とかおるはようやく半身を起こした。

谷川夫妻が料理の散乱を避けて近づき、二人に手を差し延べる。芸能界の人格者夫婦として知られる二人らしい自然な動作であった。

「あ、汚れますから、結構です」

片岡は遠慮した。

「何を言っているのです。はやく摑《つか》まりなさい」

谷川は片岡の手を摑み、立ち上がらせた。片岡は妻の手を執《と》り、どうにかこうにか、料理の海を脱出することができた。

「いったいどうしたんだい?」

あらためて、永井がかおるに訊いた。ひどく不愉快そうな、まるで被告人を前にした検事の口調だ。

「すみません。何かにつまずいて転《ころ》んでしまったのです」

「つまずくって、何もつまずくようなものはないじゃないか」

たしかにこの部屋は一面板張りで、絨毯《じゅうたん》も敷いてないし、テーブル、椅子の類もない。床に突起物らしきものは一つもないのだ。

「はあ……それは、そうなんですけど……」

かおる自身も信じられない目で、あらためて床を見回した。どう見ても、料理と食器類が散乱している以外には、何もない。

「でも、あの時はたしかにつまずいて……」

「まあいいじゃないですか」

谷川が慰めた。

「せっかくの料理をいただきそこなったのは残念だが、われわれもかなり満腹だし、それにテーブルにはまだずいぶん料理も残っていますからね」

「申し訳ありません」

片岡とかおるは全員に向けて何度も、ペコペコ頭を下げた。体じゅうに料理の汚れが付着して、まるでゴミ箱の中から這《は》い出して来たような恰好だ。

「それより、あなた方も席について、一緒に飲みませんか」

谷川は誘った。

「いえ、とんでもありません」

「遠慮することはありませんよ、昔の誼《よしみ》じゃないですか。あの頃はずいぶん御世話になったものです」

「何をおっしゃいますか」

片岡は消えてしまいたい風情《ふぜい》を見せた。

「どうぞ私どもにはお気づかいなく、お食事をおつづけください。私どもはここを片づけなければなりませんので」

「それもそうですね。それにとにかく、着替えをしてこなければいけませんね。ではわれわれは席に戻ることにしましょう」

谷川に促《うなが》されて、客たちはゾロゾロとダイニングルームに戻った。

「ねえ、いまのはいったい、何だったのかしら?」

最後にドアを入る時、光子が浅見の耳にささやいた。

「分からないけど、ただの粗相《そそう》とは思えないね。何かの前触れでなきゃいいけど」

皆も二人とおなじように、何か割り切れない思いがしているらしい。テーブルについても、しばらくは無口で、妙な静寂が漂っている。

2

「なんだかお通夜みたいだな、バンドはどうしたんだろ?」

永井が言った。そういえば、さっきの騒ぎのためか、バンドの演奏が止んでいる。隣りのホールにもっとも近い浅見が立って行って、ドアの向こうを覗いてみた。

「あれ?……」

浅見は思わず声を出した。六人いたバンドの連中の姿はなく、ホールはただがらんとしたままだった。

「誰もいませんね」

「えっ、ほんと?」

永井ばかりでなく、一様に信じられない顔になった。

「だって、ついさっきまで、僕と令奈さんが踊っていたんですよ」

広野サトシがほとんど走るようにして、浅見の脇からホールに首を突っ込んだ。

「ほんとだ、誰もいない……さっきまでのあれは夢だったのかな」

広野は外人がやるように両手を広げ、肩をすくめて見せた。

「気色《きしょく》悪いなあ、現われるのも忽然《こつぜん》という感じだったけど、消えるのも……幽霊みたいなやつらだ」

永井は吐き捨てるように言った。それは何かに苛立《いらだ》つ自分の心を鎮《しず》めようとしているようにも見えた。

浅見は念のためにホールの向こうのドアまで行ってみたが、そこは玄関ホールで、人っ子一人いない。まったく鮮やかな消えっぷりだ。「騒ぎ」からバンドの消滅まで、なんだか一本の筋書きが出来ていたのではないかとさえ思えた。

ダイニングルームに戻ると、テーブルについた客たちは思い思いに食事を再開しようとしている。中原と永井と広野サトシ、それに堀内由紀がグラスを持って、いままさに唇に当てようとした。

瞬間、浅見は閃《ひらめ》くものがあった。

「あ、ちょっと待って」

叫ぶように言った。全員の視線が浅見に集中した。

「そのお酒、飲むのをちょっと待ってください」

「どうしてさ?」

中原が不満そうに訊いた。

「いえ、どうということはないのかもしれませんが、ちょっと気になったものですから」

「気になるって、何が」

「色がですね、さっきまでと少し違うような感じがするのです」

「色が? 違う? そんなことはないだろ。おれのはナポレオンだけどさ。それとも、誰かのが違うって言うのかよ?」

喧嘩《けんか》を売っているような中原の言葉に、それぞれが自分のグラスを確かめている。

「べつに変わっているとは思えないけど」

ワインの堀内由紀が言った。ほかの三人もそれに同調した。

「しかし、念のためにちょっと嘗《な》めてみてくれませんか」

「嘗める? 妙なこと言うなあ、まるで毒でも入っているように聞こえるじゃないか」

「そうよ。何なの、いったい？」

中原と由紀は不愉快そうに、突っ掛かる口調だが、永井はいくぶん気にしたらしい。

「あんた、まさか本気で毒が入ってるなんて思っているわけじゃないでしょうね？」

「いえ、そういうわけじゃないですが、あくまでも念のために……という意味です」

「ばかばかしい」

中原は笑った。

「でもさ、一応、嘗めるぐらいはしてもいいんじゃないの」

永井は自《みずか》ら、グラスの中に舌の先を突っ込んで、シャンペンを味わっている。

「べつに、なんともないみたいだよ」

微量の液体を口の中で転がしてから、言った。

「そうでしょう。何を言ってんのかねえ、この人は」

中原はばかにしきった表情を浅見に見せて、グラス半分ばかりのシャンペンを一気にあおった。堀内由紀もそれに倣《なら》った。

浅見は一瞬、目をつぶった。しかし中原も由紀も、格別の変化が現われる様子はない。

永井も広野も最初は少しずつ、じきにふつうどおりの飲み方を始めた。

「あんた……ええと、浅見さんていったっけか？」

中原がまた絡《から》むような言い方をした。

「いったいどういうつもりなんだよ、気分悪いなあ。それとも何か、この中におれたちを殺したがってるヤツがいるとでも言うのかい？　いや、そりゃたしかにさ、殺したいと思ってるヤツもいるだろうけどさ。こういう、皆がいる前で殺しゃしないだろう。少なくともおれはそんなばかな真似はしないよ」

由紀が言った。

「私だってしないわ」

「いや、由紀ちゃんの場合はさ、あんたを殺したいヤツはいるかもしれないよ」

中原は愉快そうに言った。

「あらそうかしら、そんな勇気のある人がいるものかしらねえ。ふられても泣き寝入りするような男ばっかりじゃない？」

広野の顔がサッと紅潮した。谷川親子三人も表情が変わった。

神保照夫が「よしなよ」と、横から妻の肘《ひじ》を引っ張った。

「いいじゃないの、ほんとのことを言ってるんだから」

由紀は夫の手を邪険《じゃけん》に払った。

「ほほほ……」

それまでほとんど口をきかなかった、中原夫人の幸枝がけたたましく笑い出した。

「そうよねえ、ほんとのことよねえ。でもね由紀さん、男はだめかもしれないけど、女は人殺しくらいやりかねませんよ。あまりあこぎなことをされたんじゃね」

険しい目で、ジロリと夫を見遣《みや》って、言った。中原は苦虫《にがむし》を噛みつぶしたような顔をして黙っていた。

「ははは、こら、おもろいわ」

赤塚三男が白い歯を剥《む》き出しにして笑った。

「目の前で殺人事件が起きるいうのは、滅多《めった》に出会えへんもんなあ。まるでスリラー映画の登場人物になった気ィがしてきますわ」

「そんなこと言って、殺されるのはあなたかもしれないわよ」

三島京子が皮肉な目を向けて言った。

「だって、相当、女の子を泣かせているそうじゃないの。恨まれてるわよ」

「へへへ、そやけど、この中では誰にも殺される心配のないのんは、ぼくだけです」

「そんなこと分からないわよ。あなたにひそかに怨《うら》みを持っている人がいるかもしれないもの」

「そんなもんおりますかいな、誰です？　その人……」

赤塚はやや自信を喪失した表情になった。さっきまでの笑顔は嘘のように消えている。

「さあねえ、誰かしらねえ」

「まさか清さんとちがいまっしゃろ?」

「おれが?　どうしてさ」

とつぜん自分にホコ先が向けられたので、中原は赤塚のほうに首を伸ばし、目を剝いた。

「そら、あれですよ……清さんの人気をおれが取ってしもうたさかいに」

「ばかなこと言うな!　おれの人気がおまえより下であるわけがないだろう」

中原は半分マジで怒った。

「冗談でんがな」

赤塚は笑いながら、目の前で片手を大きく左右に振った。

「ぼくは清さんあってのぼくですよ。そないなこと分かってますやろ」

赤塚は卑屈なのか、相手をばかにしているのか分からない口調で言う。

「どうも話題が陰気くさくなっちゃいましたねえ」

谷川秀夫が苦笑混じりに言った。

「バンド演奏はもう終了してしまったのですかな?」

「そのようですね、楽器もありませんから」

浅見は言った。

「ふーん、まだ八時を回ったばかりだというのにねえ」

谷川は妙な顔をした。谷川の疑問はもっともであった。まだパーティーが始まって二時間と経《た》っていないのである。

「今回のパーティーは、どうもなんだかおかしな雰囲気ですなあ」

永井が面白くなさそうに言った。

「招待客はいつもと違うし、加堂さんは現われないし、料理はひっくり返る、毒が入っているとか入っていないとか言うけったいな人がいる、その上、バンドはいなくなる……いったいこれは何なのです?」

「そうだ、あんた、さっきの質問の答えを聞いてなかったな」

中原が思い出して浅見に食ってかかった。

「あんた、本気で誰かが殺されるとでも思っているのかい?」

「ええ、思っています」

浅見は微笑を浮かべたまま、言った。光子はびっくりして、浅見の横顔を見つめた。

「思っている?」

中原は呆《あき》れて、まじまじと浅見の顔を覗き込んだ。いや、中原ばかりではない、残りの十一人の客すべてが、この見知らぬ青年を、やや薄気味悪そうな目で斜めに見た。

3

「本気で思っているとは、穏《おだ》やかでありませんねえ」

紳士の谷川も、さすがに気色《けしき》ばんで、睨《にら》むような目で浅見に詰め寄った。

「そう言われるからには、それなりの根拠があってのことだと思うが、その理由を聞かせていただきましょうか」

「それはこの招待状に書いてある文章をお読みになれば分かるでしょう」

浅見はポケットから例の招待状を出して、順送りに谷川の手元に渡してもらった。

谷川は素早く目を通して、首を振った。

「これにはたしかに、加堂さんが事件の起きることを懸念《けねん》されておられることは書いてあるが、しかし、殺人事件が起きるとは書いてないでしょう」

「どれどれ」と、永井から中原へと、招待状はつぎつぎに回し読みされてゆく。

「そうだよ、べつに殺人事件が起きるとは書いてない」

永井も中原も、この件に関しては珍しく谷川に同調した。

「それとも何かい、一昨年《おととし》と去年起きた死亡事故を、あんたは殺人事件だとでも言うのかね？」

「僕は分かりませんが、少なくとも加堂さんはそう思われたのではないでしょうか。だからこそ僕のような人間を招待客の中に入れたのです」

「僕のようって……あんたの正体はいったい何なのだい？」

中原は訊いた。

「この手紙には、あなた様のご活躍——とか書いてあるけど、あんたたしか、ルポライターって言わなかったっけ？」

「ええ、本業はルポライターなのですが、アルバイト的に私立探偵もどきをやっているのです」

「私立探偵？……ますます気に食わねえな」

中原はジロリと、傍《かたわ》らの幸枝夫人を見やった。

「私は知りませんよ」

その視線をはねのけるように幸枝は冷ややかに言った。

「私が依頼している探偵さんはこの人ではありませんからね」

「へえーっ、奥さん、探偵を雇うてはるんですか、こらかなわんですなあ清さんも」

赤塚三男がからかうように言って、中原にじろりと睨まれた。

「それで、あんたは殺人が起きると思ったのだね?」

永井が訊いた。

「ええ、ここに来るまでは半信半疑《はんしんはんぎ》でしたが、みなさんとご一緒して、いまは必ず起きるような予感がしています」

「ということは、われわれのうちの誰かが殺されるのは間違いないということ?」

「ええ、そうです。このパーティーはそのために催《もよお》されたものだと思っています」

「ばか言ってんじゃねえよ」

中原がテレビのギャグそのままの口調で、おどけて言った。

「いや、冗談でこんなことは言いません」

浅見はきっぱりと宣言した。

「さっきの加堂さんの歌をお聞きになったでしょう。加堂孝次郎さんともあろう人が、冗談であんな歌を歌うはずがないじゃありませんか」

「え? ということは、殺しの犯人は加堂さんていうことかい?」

永井が言った。

「分かりません」

「分からないって……あんた、肝心なことはさっぱり分からないで、私立探偵が務まるのかね。第一、もし本気で殺人事件が起きると思うのなら、さっさと警察に届けるべきじゃないか。どうしてそうしないのだ？　いや、それ以前にさ、もし加堂さんが犯人ではなくて、真剣に事件が起きることを心配しているのなら、あんたなんかより警察に届けるはずだよね」

「警察に何て言って届けるのですか？」

浅見は反論した。

「何て言ってって……」

永井は言葉に詰まった。

「ははは……そりゃそうだな」

中原が高笑いした。

「たしかにあんた——ええと、浅見さんか、あんたの言うとおりかもしれねえな。警察に行って、これから殺人事件が起きますと言ったら、さぞかし喜ぶにちがいないぜ。その理由は——と訊かれたら、殺されそうな顔触れが集まりましたからとでも言うか」

グルッとテーブルの周囲を眺め回した。大抵の者は苦い顔をしてそっぽを向いた。

「清さん、あなたそんなに喜んでいていいんですか？」

白井美保子が眉をひそめて言った。

「正直に言って、この中ではあなたがいちばん憎まれっ子なんですよ」

「こりゃ手厳しいなあ。だけど奥さん、おれを殺したいほど憎んでいるのは女房一人ですからね。もしおれが殺されたら犯人はすぐに分かってしまう。そんな間尺《ましやく》に合わないことは、女房だってやりませんよ」

中原は妻を目尻で捉《とら》えて、「だろう?」と言った。幸枝は沈黙を守っている。

「いや中原さん」と浅見は言った。

「必ずしもここにいる人が持っている動機ばかりとは限りません。たとえば公憤《こうふん》によって処刑する——ということもあり得るわけですからね」

「コーフン? 何ですの、それ?」

赤塚が訊いた。

「つまり公《おおやけ》の怒りです。早く言えば、大衆を代表して悪を滅ぼすという殺人かもしれないということです」

「けっ……それやったら、必殺仕事人の世界やおまへんか」

「まあそういうことですね」

「なるほど、それやったら清さんは危ないですなあ。ギャグで婆さんの悪口なんか、ずいぶん言うてましたさかいな」

「ばか、だったらおまえのほうだろう。おまえこそ女の怨みで呪い殺されるんじゃないのか。いや、その前に水子《みずこ》の霊に殺されるかもしれない」

「いいかげんにしなさいよ」

三島京子が顔をしかめて言った。

「愚《ぐ》にもつかないことを、よくもぺらぺら喋《しゃべ》っていられるわね」

「へえー、奥さんも水子の霊が気になるクチですか」

中原が薄笑いを見せて、言った。

「失礼な！」

ガタンと椅子を鳴らして京子は立ち上がった。

「不愉快だわ、こんなパーティー。あなた、もう部屋へ戻りましょう」

永井の腕を摑んだ。

「そうだな、そうしようか」

永井は妻が侮辱されたわりには反応がおとなしい。眉間《みけん》に皺《しわ》を寄せて、頭《かぶり》を振った。

しかし、それはほんの一瞬のことで、すぐに立ち上がった。

「それじゃ皆さん、先に部屋へ引き上げさせてもらいますよ」

「まあまあ、もう少し付き合いなさいよ」

中原がからんだ。明らかに、酔いが相当回っている。

「奥さんが気分を害したのなら謝《あやま》りますよ。それとも何ですか、永井さんの旧悪に話題が及ぶのが怖いんですか？　そういえば永井さんも、あの愚にもつかねえ本では、タレント仲間からだいぶ恨まれてますからねえ。天に代わって成敗する——なんていうのが出てきてもおかしくない」

「失敬な！……」

永井の顔からスーッと血の気《け》が引いた。また一瞬、眉をひそめて動きが停まったが、京子の肩越しにぎごちなく腕を伸ばして中原の襟首《えりくび》を摑み、引っ張った。

「止めなさいよ」

京子は金切《かなき》り声を発して、夫の腕にすがった。その力が加わったせいで、中原は椅子ごと後ろにドーッとばかりに倒れた。

4

隣室が板張りだったのに較べると、床がカーペットになっているだけましだが、それにしてもかなりの大音響だった。

中原は頭を打ったのか、「あいてて……」と頭を抱えて転がった。

引きずり倒した、当の永井がいちばん驚いたにちがいない。

「おい、大丈夫か?」

慌てて屈《かが》み込んだ。

「ばかやろう、てめえがやっておいて、大丈夫かもねえもんだ」

中原はこのさなかにも毒舌を忘れない。

「その元気なら大丈夫でしょう」

谷川がこの男にしては珍しく冷淡なことを言った。

「そんな……」

思いがけないところから声が上がった。それまで赤塚の脇で借りてきた猫のようにおとなしくしていた芳賀幹子が、身をよじるようにして言った。

「頭を打ったんですよ、そんな冷たいこと言うなんて……」

絶句して涙ぐんでいる。嫌味やら皮肉やらが平気で飛び交《か》う人間たちにはけっしてない心優しさがにじみ出ている。

「へえ……あんた、優しいこと言うなあ」

赤塚が丸くした目を、キョロッと中原夫人の方へ向けた。つられて全員の視線が夫人に集中した。

幸枝は相変わらず知らん顔をそっぽに向けている。

「清さん、ほれほれ、かわい子ちゃんが心配してくれてまっせ」

赤塚は軽口を叩きながら、永井と協力して、中原を左右から抱き起こした。中原は頭を抱えたまま、ようやく椅子に坐った。

永井もまさかこのまま、中原を放っておいて部屋に引き上げるわけにはいかないので、もう一度坐り直した。

「あなた、まだここにいるの？　だったら、私は先にお部屋に行きますからね」

三島京子は言い捨ててもう一度席を立った。

「奥さん、ええ度胸でんなあ」

赤塚が茶化《ちゃか》すように言った。

「殺人犯がいてるかもしれへんのに、一人きりで部屋に行くんですか？」

「いやなこと言わないでよ」

京子はギクリとして立ち止まった。

「やっぱりあなたも一緒に来てちょうだい」

永井の腕を引っ張る。

「そうだな、そうしようか。おれもちょっと気分が悪いし……」

永井は煮えきらない態度で、しかし結局、立ち上がった。

「それじゃ皆さん、お先に失礼しますよ」

誰もそれに異を唱《とな》える者はなかった。中原は頭を抱えっぱなしだし、ほかの連中は大抵、永井夫妻がいなくなってせいせいする――と考えている。

「僕たちもそろそろ失礼しようか」

神保照夫が由紀におずおずと言った。

「あら、どうして？　まだ宵《よい》の口《くち》じゃない、お酒もたっぷりあるし。眠たければあなた一人で行きなさいよ」

「いや、眠いわけじゃないけど……きみがいいのなら、かまわないんだよ」

神保はボソボソと言いながら、妻のために新しいワインを注《つ》いでやった。

その時、二階の方角から女性の悲鳴のようなものが聞こえた。

「何やろ、いまのは？」

赤塚が言った。

「三島さんの声とちがうかな？」

ふたたび、今度は前より近づいて、「だれか、だれか来てェッ……」とはっきり聞こえた。

浅見が最初に走り出した。赤塚がそれに続く。光子も後《おく》れまいと席を立った。

「いや、きみはここにいたほうがいい」

廊下へ出るドアのところで、浅見は振り返って言った。それから谷川も制して言った。

「僕と赤塚さんだけで行きますから、ほかの皆さんはここにいてください」

浅見と赤塚は廊下を走った。三島京子が階段を転がるように下りて来る。

「永井が……永井が……」

しきりに二階を指差して、うわごとのように言った。

浅見と赤塚は京子を捨て置いて、永井夫妻の部屋へ階段を駆け上がった。

5

永井智宏は目をうつろに開けて、ベッドの横の床に倒れていた。顔面の皮膚が弛緩《しかん》して、明らかに失神状態にある。

浅見は急いで永井の脈を診《み》た。きわめて弱いけれど、心臓はまだ動いている。

「医者だ、医者を呼んでもらってください」

赤塚に言った。赤塚は身を翻《ひるがえ》して階下へ走り去った。

入れ代わりに片岡清太郎がやって来た。執事のお仕着《しき》せは最前の白いものから、黒いものに変わっている。見ようによっては、まるで葬儀屋だ。

「どうなさったのですか？」

「まだ分かりませんが、奥さん……三島さんがそこにいませんか？」

「いらっしゃいます。階段のところで、あの、腰が抜けたみたいで……」

「ここに連れて来てください。動かなければ、誰かに応援を頼んで……そうですね広野さんがいいでしょう」

「承知しました」

まもなく広野サトシと片岡に支えられるようにして三島京子がやって来た。

「どういう状態で倒れたのですか？」

浅見は訊いた。

「なんだかよく分からないんです」

京子は悲しい――というより、気味悪そうに夫の様子を見て、顔を背《そむ》けるようにして言った。

「お部屋に入ったら間《ま》もなく、よろけたみたいな変な歩き方をして、崩れるように倒れたんですよね。私ははじめ冗談かと思って……そしたら、ピクリとも動かなくなったものですから……あの、これ、何なのかしら?」

「たぶん脳出血か、でなければ何かの中毒だと思うのですが、僕にはあまり知識がないので、はっきりしたことは分かりません」

「中毒って……それじゃ、毒を飲まされたのですか?」

「まだ何とも言えませんが、その可能性はあります」

「やっぱり殺人事件が起きたっていうことなのね? 主人は殺されたのね?」

「まあまあ、落ち着いてください。まだ永井さんは亡《な》くなったわけじゃないのですから」

「いいえ、死ぬわ、きっと。主人は殺されても不思議はないのよ、あんなばかな本を出版したりして……だけどあれ、ほんとに主人が書いたわけじゃないんですよ。主人が酔っぱらって喋ったことを、出版社が勝手にまとめて出したんですよ。だいたい、主人にあんな文章が書けるわけないでしょう。それなのにあっちこっちから恨まれたり、ばかにされたりして……ほんとにばかなんですよ。だから殺されたって当然なんだわ」

興奮しているから、夫の正当性を主張しているのか、逆に犯人の正当性に理解を示しているのか分からないことを口走っている。

その時、天井から降ってくるように加堂孝次郎の例の歌が聞こえた。

「Everybody kills somebody sometime……」

広野と片岡は、青い顔をして、天井を振り仰《あお》いだ。

「やめてよ!……」

三島京子が上に向かって叫んだ。

「何なのよこれは、加堂孝次郎だかなんだか知らないけど、ひとをばかにするのもいいかげんにしなさいよ」

その剣幕《けんまく》におそれをなしたのか、それともそこでテープが終わっているのか、歌はプッリと止《や》んだ。

とたんに陰鬱《いんうつ》な静寂が辺《あた》りを支配した。それはそれでまた不気味なものだ。

「主人、どうなの?」

京子は浅見に訊いた。

浅見は黙って頷《うなず》いた。脈はあるが、意識があるわけではないので、生死のほどは彼には分からない。

「お医者はどうしたの? それに警察よ、一一〇番はしたの?」

「いいえ、まだですが……」

片岡はうろたえて、浅見にどうしたらいいものか——という目を向けた。どうやら片岡は今夜の客の中で頼りになるのは、この青年だと見極《みきわ》めをつけたらしい。

「そうですね、知らせたほうがいいでしょうね」

片岡は憂鬱《ゆううつ》そうにお辞儀をして部屋を出て行った。

「ねえあなた、このままにしておいていいの？　何か応急手当ての方法はないの？」

京子もすがりつくように浅見に訊いた。

「僕には分かりません。ただ、もし脳出血だとしたら、みだりに動かさないほうがいいのではありませんか？」

「そりゃそうだけど……」

京子はようやく落ち着いてきたのか、永井の脇にひざまずいて、夫の手を握った。

ゆっくりした足音が近づいて、ドアから谷川秀夫の端整な顔が覗いた。

「どうしたのです？」

床に倒れている永井を見て、気遣《きづか》わしそうに訊いた。浅見は簡単に状況を説明した。

「広野さん、あなた令奈の傍《そば》にいてやってくれませんか」

谷川に言われて、広野は騎士のように口許を引き締め、足早に去って行った。

「浅見さん、永井さんの症状ですがね」

谷川は京子に遠慮しながら、低い声で言った。

「以前、いちど、よく似た症状を見たことがあるのだが、これはひょっとすると河豚《ふぐ》の毒に当たったのじゃないですかねえ」

「河豚？」

浅見と京子は驚いて谷川を見た。

「だって、河豚料理なんか出ていなかったじゃありませんの」

京子が非難するように言った。たしかにダイニングテーブルを飾った料理の中には河豚を使ったものはなかった。

「ええ、それはそうなのですがね……ただ、私は以前に見たのとそっくりだと……」

谷川は当惑げに浅見を見つめた。

「いや、河豚料理は出ていませんが、河豚の毒は出ていたのかもしれませんよ」

浅見は谷川になり代わって、言った。

「河豚毒はテトロドトキシンといって、純粋に抽出《ちゅうしゅつ》することができるのです。たしか無味無臭じゃなかったかと思いますけど」

「じゃあ、あのお酒の中に？……」

京子は怯《おび》えた目になった。自分も永井と同じブランデーを飲んでいる――。

「いや、お酒に入っていたのかどうかは分かりません」

「でも、お酒だとしても、永井がお酒を飲んでからずいぶん時間が経ってるけど？」

「河豚毒はたしか、青酸カリなんかと違って、しばらく経ってから効果が現われるのだと記憶していますが」

記憶の引出しを探るようにして浅見がウロ憶えの知識を言った。

「そうですか、じゃあやっぱり河豚毒の中毒かもしれませんね」

谷川は沈痛な面持《おもも》ちで頷いた。

6

赤塚三男が戻って来た。

「救急車を頼みました。すぐ来てくれる言うてました」

つづいて片岡も上がって来た。

「警察はすぐに来るそうです」

それからはしばし無言で、永井を囲んで、京子、浅見、谷川、赤塚、片岡の五人が立ち尽くしていた。

時間はどんどん流れてゆくのに、救急車もパトカーもやって来ない。耳を澄ましてみても、サイレンの音どころか、ダイニングルームの客たちの声も途絶《とだ》えがちで、重苦しい静けさがこの館《やかた》を支配してしまった。

素人目《しろうとめ》に見ても、永井の容体は容易ならぬものが感じられる。

「早くしなきゃ、死んじゃうわ」

沈黙に耐えきれなくなったように、三島京子が苛立《いらだ》った声を上げた。

「ちょっと遅すぎますね」

浅見は時計と永井の姿を見比べて言った。

「いくら箱根の山中だからといっても、こんなに時間がかかるというのは、変ですね」

「ここの場所が分からないのじゃないでしょうかね」

谷川が言った。

「いや、そんなはずはないでしょう。警察は一昨年、去年の事件を通じて、この別荘には何度も来ていますから」

浅見が首を傾《かし》げた。

「すみませんが、片岡さん、もういちど警察に連絡してくれませんか」

片岡はまた走って行き、ものの五分とおかずに走って帰って来た。

「もうこっちへ向かっているそうです」

「なんや、ラーメンの出前みたいなこと言うてはるな」

赤塚が場違いなギャグを言ったが、誰も笑わない。京子は赤塚の顔を睨みつけた。

それからさらに時間が経過した。最初の電話から、すでに三十分は経っている。

「おかしいですね」

浅見は片岡と赤塚を等分に見つめた。

「電話は間違いなくおかけになったのでしょうね？」

「そらどういう意味でっか？」

赤塚は気色ばんだ。この時ばかりはひょうきんが売り物のこの男もキッとなった。

「私らがいいかげんな電話のかけ方をしたとでも言わはるのでっか？　ちゃんとこの耳ですぐ来てくれる言うのを聞いてるのや」

「私も間違いなくかけました」

片岡もムキになって言った。

「いや、気を悪くしないでください。そういう意味でなく、もしお二人が正確に電話をしたのなら、当然、警察も救急車も到着してなければならないはずだからです。台風や雪で道路が不通になっているというのならともかく、いまだに到着しない理由はまったくありません。これは何かの間違いとしか考えられないのです」

「間違いって……どういう間違いです?」

「とにかく、念のために僕も電話をしてみましょう。谷川さんと三島さんはここにいてください」

浅見は赤塚と片岡を促《うなが》して、電話のある部屋へ向かった。彼らはキッチンの手前の小部屋にあるプッシュホンを使っている。浅見は受話器を握り、ゆっくりと一一〇を押した。

「はい、こちら一一〇番……」

お馴染みの応答が聞こえた。

「こちらは先ほどから電話している、箱根湖尻の加堂孝次郎氏邸ですが、いまだにパトカーが到着していません。いささか遅すぎるような気がしますので、何か手違いでもあったのではないかと思って電話しました」

「えっ? まだ着きませんか? おかしいなあ、とっくに出ているのだが……もうしばらく待ってみてくれませんか」

「そうですか……分かりました。ところで、そちらの赤岡《あかおか》警視は、今夜は非番ですか?」

「はい分かりました、とにかくもう少しお待ちください」

プツリと電話が切れた。こっちの質問は完全に無視されたかたちだ。浅見はしばらく受話器を握ったままで、それからおもむろに赤塚たちを振り返った。

浅見は幽霊でも見たような目をしている。赤塚と片岡は気味悪そうに、上目遣《うわめづか》いに浅見を見た。

「これはきわめて危険な状況ですね」

浅見は年寄りじみた掠《かす》れ声で言った。

「は?……」

片岡はたちまち、浅見の不安が伝染したような表情になった。

「あの、それはどういう意味なのでしょうか?」

「いま僕は、赤岡警視はいるか——と訊きましたが、先方はそれに答えようとしない。まったく無視して電話を切ったのです」

「それなら、私がさっきかけた時も同じような感じでした。私がもっと詳しく説明しようとしているのに、向こうの言いたいことを一方的に言って切ってしまいました。二度目の時も、遅れている事情を訊いているのに、もうじき着く——とだけ言って、切ってしまうのです。どうも警察はお役所仕事ですね、こっちの言うことなんか、ぜんぜん無視してしまうのですから」

「いや、これは単に無視しているのとは少し違うようですね」

試《ため》しに、浅見は自宅の番号をプッシュしてみた。「話し中音」が聞こえてきた。次に一七七をプッシュした。いうまでもなく天気予報のダイヤルだが、これもまた話し中音が返ってきた。

最後にもう一度、一一〇を押した。

「はい、こちら一一〇番……」

浅見は黙って、受話器を赤塚と片岡に向けた。受話器はしばらく無言のあと、「えっ？　まだ着きませんか？　おかしいなあ、とっくに出ているのだが」と言い、またしばらく黙ってから、「もうしばらく待ってみてくれませんか」と言って、切れた。

赤塚は浅見の手から受話器をひったくると、一一九をプッシュした。

「はい、こちら一一九番です……はい、はい……おかしいですねえまだですか、ちょっと待ってください……もうとっくにそっちへ向かっています、あとしばらく待ってください……はい、とにかくもう少し待ってみてください」

そしてプツリと切れた。

「何や、これもインチキでっかいな」

「たぶんそうです」

「そんな、あほな……」

赤塚は大きく口を開けたが、その口からは得意のギャグも飛び出さなかった。

7

「要するにこの電話は外線とはまったく繋《つな》がっていないということですね。おそらくこの建物のどこかに、コンピューターつきのテープレコーダーがあって、そこに接続しているにちがいない」

「そうかて、僕が夕方、事務所に電話した時には、ちゃんと通じましたで」

「いや、それはその時点では通じていたのでしょう。おそらく回線がこういう状態になったのは、つい先ほどのことだと思いますよ」

「そやけど、こないなことをして、何が目的ですか？」

「それはご本人に訊いてみなければ分かりませんね」

「ご本人て、加堂……さんでっか？」

「たぶん」

「加堂のじいさん、何を考えてけつかるのやろ？」

「赤塚さん、冗談にもそんな過激なことは言わないほうがいいかもしれませんよ」

浅見は真顔《まがお》で窘《たしな》めた。赤塚は首をすくめて、天井を見上げた。どこかにマイクが仕掛けてあって、加堂孝次郎が聞き耳を立てているかもしれない。

慌ただしい足音がして、谷川がやって来た。三人を見るなり、悲痛な顔で「亡くなりました」と言った。

「えっ……」

ある程度は予期していたことだけれど、三人は同時に声を発した。ジワジワと迫っていた恐怖が、ついに現実に牙《きば》を剝いたような感じがした。

「それで、警察はどうしたのです？」

谷川は訊いた。

浅見が状況を説明した。

「まさか……ほんとですか……しかし、なぜそんなことを……」

谷川はとぎれとぎれの言葉を発してから、最後に言った。

「それじゃ、永井さんを殺したのは加堂さんなのですか？」

「そういうことでっしゃろな」

赤塚が唾《つば》を吐くように言った。

「しかし、なぜ？　なぜ殺したりなんかしたのですか？」

「そら、やっぱし、あの本のせいとちがいますか？　例の永井さんが書かはった本ですがな。あれのどこかが気に入らんよって、加堂さんは怒りはったんやろ」

「しかし、あの本には加堂さんの悪口は書いてなかったように思ったが……」

「加堂さんの悪口は書いてなくても、加堂さんの彼女のことを、知らんと書いてはるのかもしれんし」

「加堂さんの彼女というと、誰のことですかね？」

「さあ、それは知りまへんけどな、あの本には十人以上、女性の名前が出てきますさかい、その中に一人くらい、加堂さんのお手付きがいても不思議はおまへんな」

「とにかく、いったん三島さんのところに戻りましょう。さぞかし心細がっているでしょうから」

浅見が先に立って、二階へ向かった。

三島京子は泣いてはいなかったが、放心状態でベッドに坐って、夫の死体を見下ろしていた。まだ夫が本当に死んでしまったということが信じられないようであった。

浅見が永井の死を確認して、その場にいる者全員で、とりあえず合掌《がっしょう》した。ほんのついさっきまで、中原清を相手に毒づいたり、喧嘩を買っていたりした永井が、もはや物言わぬ骸《むくろ》と化しているのが、なんだか嘘のような気がする。

「とにかく、このことを警察に知らせなければなりませんね」

谷川が言った。

「警察にって……じゃあ、やっぱり電話は通じていないの？」

京子は非難するように言ったが、その口調には最前までの力感はなかった。

「それじゃ、うちの運転手に言って、警察に行かせてちょうだい」

「かしこまりました」

片岡がお辞儀をして立ち去った。谷川と浅見と赤塚が協力して、床の永井をベッドの上に寝かせた。

「皆に知らせなければなりませんね」

谷川が憂鬱《ゆううつ》そうに言った時、片岡が恐怖に追い掛けられるように走り込んで来た。

「あ、あの、車が、車がありません」

「車がないって、うちの車、ベンツだけど、じゃあ山口《やまぐち》のやつ、どこかへ行っちゃったのかしら？」

「いいえ、そうではないのです。永井様のお車だけでなく、皆様の車が全部、なくなっているのです」

「えっ？　それじゃ、僕のソアラも？」

浅見は驚いた。まだローンが二年と八ヵ月も残っているソアラだ、事件のことより、ソアラの行方のほうが気になる。

「車のキーは門番に預けてきたけど、あの老人はどうしたのかな?」

浅見が言うと、ほかの者も「そうだ、そうだ」と同調した。

「とにかく、門番に訊いてみましょう」

片岡を先頭に立てて、谷川と浅見と赤塚があとに続いた。

玄関のドアを開けると凍《い》てつくような山気《さんき》が襲ってきた。月も星もない夜で、ポーチの明かりだけが周辺を照らしている。まずは漆黒《しっこく》の闇といってもいいようなものであった。

その闇の中に数台は並んでいるはずの車は、そのうちの二台に乗っていた運転手もろとも、みごとに消え失せていた。

8

「門番は、門番は何をしていたんや?」

赤塚は門へ向かって走り出した。その時、闇のどこかで「プシュッ」という音と同時に庭の砂利《じゃり》がはじける「バシッ」という音がした。

「危ない、赤塚さん、戻れっ」

浅見は叫んだ。

赤塚も危険を察知したのか、十歩ほど走ったところで、立ちすくんだ。

「戻れっ、エアライフルが狙《ねら》っている！」

浅見は叫んだ。とたんに「プシュッ」「バシッ」と音が炸裂《さくれつ》した。森の静寂を打ち破って不気味な音が谺《こだま》した。赤塚は「ヒャー」と、まるでおどけているような声を発して、転げるように戻って来た。

「何やの、これ？」

上擦《うわず》った、情けない声で怒鳴った。

「怪我は？　お怪我はありませんか？」

真っ青な顔をした片岡が訊いた。

「怪我はしてへんけど、何やら破片みたいなもんが顔に当たりましたで」

ポーチから玄関の中に引き上げて、赤塚の顔を見ると、虫が刺したような、小さな赤い痕跡《こんせき》がある。

「砂利の破片が当たったのでしょう」

浅見は言った。

「エアライフルいうと、空気銃のことですやろ？　そしたら、命中しても大したことないのとちがうかな」

「いや、高性能の銃だと、当たりどころによっては死ぬかもしれませんよ。死なないにしても、目に当たれば失明はするでしょう」

浅見は猟銃に関する講習を受けたことがあるので、ある程度の知識はある。実際、大阪で若者がエアライフルで通行人を無差別に襲撃し、大怪我を負わせたという事件も起こっている。

「とにかく、どこかで狙っている以上、むやみに外へ出るのは危険です」

「そしたら、僕らは袋のネズミみたいなもんやないですか」

「そういうことですね」

「あんた、探偵さんやったら、どないかしてくれてもええんとちがいますか？」

赤塚が食ってかかるような口調で言った。

「はあ、僕もそうしたいと思うのですが、しかし、僕は推理小説の探偵みたいにカッコよくはないものですから……」

「なんや頼りないひとやなあ」

「すみません」

「とにかく、皆のいるところに戻りませんか。永井さんが亡くなったことも知らせてないし、それにいったいこの事態はどういうことなのか、皆の話を聞いてみなければならないでしょうから」

谷川が年長者らしい意見を言った。

ダイニングルームでは、残った者たちが心配そうに四人を迎えた。中原だけはかなり酔っているのと、頭を打ったせいか、何やら意味不明のことを呟きながらグラスを傾けている。

「永井さんはどうしました?」

広野サトシが訊いた。谷川が広野を制して、おもむろに言った。

「皆さんに残念なことをお知らせしなければなりません。永井智宏さんが先ほど、急死されました」

潮《しお》の引くような吐息がテーブルの上を流れて、消えた。沈黙の中で、中原の呟きだけが異様に大きく聞こえる。「ばか言ってんじゃねえよ……」と言っているらしい。

「あなた、いいかげんにしなさいよ」

中原夫人が夫の肩を揺すった。

「あの、永井さんの死因は何なのですか?」

神保照夫が訊いた。

「まだはっきりしませんが……」

谷川は言っていいものかどうか迷って、浅見の顔を見た。

「たぶん脳内出血ではないかと思います」

浅見はすかさず、言った。

「違うわ……」

とんでもない所で声がした。薄めに開いたドアの外に、三島京子がこっちを向いて立っている。

「えー?……」

「毒よ毒、主人は毒殺されたのよ」

こんどは潮が満ちてくるようなどよめきが起こった。

「誰かが主人に毒を飲ませたのよ」

京子はゆっくりと部屋に入って来た。夫を失ったショックのせいなのか、それともこの異常な状況で心の平衡《へいこう》を失ったのか、目が据《す》わって、一見して正気とは思えない表情をしている。

「奥さん、三島さん」

谷川が同情をこめて、しかし叱るように言った。

「みだりに軽率《けいそつ》なことは言わないほうがいいですよ。まだそうと決まったものではないのですから」

「医者は呼ばなかったのですか?」

神保が訊いた。

「ははは……」

京子が喉仏《のどぼとけ》を見せて高笑いした。

「来ないのよ、医者も警察も。電話がね、通じないんだって」

「ほんとですか?」

神保が広野が、ほかの全員がいっせいに谷川の顔を見つめた。

「うん、ほんとうです。電話もだが、われわれの乗って来た車が一台残らず盗まれています」

谷川はこの男にしては精いっぱいの早口で、これまでに起きた奇怪な出来事のもろもろを話した。

9

谷川の長い話が終わっても、中原以外は沈黙したままでいた。その中からようやく、谷川夫人の白井美保子が切り出した。

「それじゃ、私たちはこのお屋敷の中に閉じ込められたようなものなの？」

「まあそういうことになるね」

「だけど、赤塚さんを狙ったのはエアライフルなのでしょう？　だったら向こうには真剣に殺す気はないのじゃないかしら？」

「いや、そうとも言えないだろう。エアライフルを使ったのは、銃声を聞かれないためだろうし、浅見さんの説によれば、エアライフルといえども、殺傷能力は充分、あるそうだ。そうでしたね、浅見さん？」

浅見は頷いた。

「だけど、加堂さん、どうしてこんなことをするのかしら？　私たちに何の怨みがあるっていうの？」

「そりゃ分からないよ。そもそも、われわれ全員に対して怨みがあるのか、それともわれわれの中の誰かに怨みがあるのかも分かっていないのだしね」

「少なくとも、永井さんには怨みがあったということなのですね？」

神保があまり賢明とはいえない質問をして、たちまち三島京子の逆鱗《げきりん》に触れた。

「あなた、主人が何か悪いことでもしたとおっしゃるの？」

「いえ、そういうわけでは……」

ハンサムボーイはいっぺんにしぼんだ。隣りの堀内由紀がじれったそうに夫の横顔を睨んだ。

「だけど、実際、そうだったんじゃないんですか？」

由紀は我慢がならない――という口調で言った。

「怨んでいるから殺したんでしょう？」

「何よあなた、知ったようなこと言って。主人がいったい何をしたって言うのよ」

「そんなこと、私は知りませんよ、私が殺したわけじゃないんだしさ。だけど、永井さんのことを殺したがっていた人は、この中にもいるんじゃないですか？」

「へえーっ、そうなの？」

京子はテーブルの周囲を見回した。

「きみ、つまらないこと言うなよ」

神保が慌てて由紀の肩を押さえた。暴走を始めた妻を止める威厳はこの男にはなかった。

「あら、あなたがそうだなんて言ってないわよ。第一、あなたに人が殺せるかどうかぐらい、誰だって分かるでしょ」

「それは言えてるな」

中原が突然言って、鎌首《かまくび》を擡《もた》げた。それほど大きくないけれど、意外に鋭い眼をしている。谷川が喋っているあいだは、ずうっとわけの分からないことをブツブツ言っていたくせに、案外、酔っぱらったふりをしていたのかもしれない。

「由紀ちゃんのだんなは着せ替え人形みたいなものだもんな」

「あら、清さん、それどういう意味？」

神保ではなく、由紀が歯を剝き出した。

「素直ないい青年だっていうことさ」

言うだけ言うと、中原はまた泥酔の演技に戻った。

「由紀さん、あまり気にせんときなさい」

赤塚がニヤニヤ笑いながら言って、「清さん、ただの酔っ払いなんやから」と小声で付け足した。

ついさっき「銃撃」を浴びたばかりのくせに、まったく、めげない男だ。

「谷川さん、どういうことが起こっているのか、それから、これからどうすればいいのか、皆冷静になって、考えるべきではないでしょうか」

広野が真剣な顔で提案した。神保の優柔不断《ゆうじゅうふだん》に比較すると、こっちのほうがなんとなく頼もしげに見える。由紀と令奈の表情を微妙な波が通り過ぎた。おとなしいだけのような令奈の唇の端に、かすかな笑《え》みが浮かんで消えるのを、浅見は見逃さなかった。

「広野さんの言うとおり、われわれはこの際、最大限、冷静にならなければなりません」

谷川はやや演説口調になっている。永井が死んだいまとなっては、リーダーシップを取るべき立場にあるのは自分一人だ――という意識も自負もある。

「まず、このパーティーそのものが、去年までと比べるときわめて異例ずくめであるということです。招待されたお客さんの顔触れは違うし、パーティーの形式もまるっきり違います。第一、主催者であるところの加堂孝次郎氏が姿を見せないどころか、不吉な歌を歌ってわれわれに恐怖感を抱かせているというのは奇っ怪というしかありません。さらに接待のスタッフにいたっては、去年まで大勢いた人たちは影も形もなく、たった二人だけ――それも、片岡清太郎さんと立花かおるさん夫妻というのも、ただごととは思えません。おまけに浅見さんという私立探偵をわざわざ雇ったのも、招待状に書いてあったような、犯罪が起こるのを未然に防ぐというより、最初からこういう事件が起こることを想定して、何かの役割を果たさせる目的であるのか、それとも、探偵さんをキリキリ舞いさせて面白がっているような気がします。そして、現実に事件は発生しました。それればかりか、われわれをこの屋敷から一歩も外に出さない——といわんばかりの仕打ちです。要するに、このパーティーは、加堂氏が綿密《めんみつ》に計画を練った、殺人ドラマの舞台であると考えるほかはないと思うのです」

「それじゃ、私たちは皆、殺されるために招待されたっていうことですか?」

中原夫人の幸枝が甲高《かんだか》い声を発した。

「冗談じゃありませんよ。私は加堂さんなんかと一度だって会ったこともないし、まして や殺される理由なんかあるはずがないわ。そりゃ、皆さんの中には、そういう仕打ちにあっても仕方がない人だっているかもしれないけど、それと一緒にされちゃたまりませんよ。ねえあなた、酔っぱらってばかりいたら、あなたなんかいちばん先に殺されちゃうかもしれないんだから」

夫の脇腹を突ついた。

「うるせえなあ、殺したいやつには殺させりゃいいじゃないか。それにさ、おれはいちばん先には死なないよ、もう永井さんが殺されちゃったんだからよ」

「いや中原さん、永井さんはまだ殺されたものとは限りませんよ」

谷川が一応、こだわったが、ほとんど無視された。

「あなたは好きな女の子と一緒に死ねていいかもしれないけど、私はいやよ。あなたにさんざん女遊びされた上に、こんなところで死ぬなんてさ」

幸枝は芳賀幹子の顔に流し目を向けながら言った。

「ほんま、清さんは我儘《わがまま》やさかいなあ」

赤塚が幸枝に同情的なのか、それとも面白がっているだけなのか、よく分からないような半畳《はんじょう》を入れた。

「あの……」

野沢光子が遠慮がちに言い出した。いままでひと言《こと》も喋らなかった「見知らぬ客」の片割れに、全員の視線が一斉《いっせい》に集中した。

10

光子は、いくぶん心配そうにこっちを見ている浅見の了解を求めるように、目で合図した。浅見は軽く頷いた。

光子はおもむろに言葉を続けた。

「あの、さっきから気になっているのですけど、片岡さんの奥さん——立花かおるさんの姿が見えないのですけど、どうなさったのかしら?」

「え?……」

当の片岡がびっくりした声を洩《も》らした。

「そういえばそうですな」

谷川も気掛かりそうな顔になった。

「この騒ぎを知らないわけはないと思うけど、ねえ片岡さん、奥さんはどこにいらっしゃるのかな?」

「はあ、家内はさっき転んだ時に衣装を着替えに、部屋に戻っておりましたが……」

「その時はあなたも服を着替えたのだから、ご一緒だったのでしょう?」

「はい、一緒でした。家内のほうが時間がかかるもので、私は先に部屋を出ましたが」

「まだお部屋ですかね?」

「いえ、そんなことはないと思います。たぶんキッチンかどこかにいるのではないでしょうか?」

「ちょっと様子を見て来たらどうです?」

「はい、そういたします」

片岡は光子に言われて気もそぞろになったとみえ、急ぎ足でキッチンへ向かった。

「片岡さんがいなくなったので言うわけではないのですが」

と浅見が言った。

「加堂さんが片岡さん夫妻を臨時に雇った理由は何なのですかねえ？」

谷川をはじめ片岡夫妻の昔を知っている者も知らない者も、一様に首を傾《かし》げた。

「バンドの連中もそうですが、すべて加堂さんの意のままに動いているように思えますよね。だとすると片岡さんもその仲間と考えていいような気もするのですが」

「なるほど……すると、彼ら夫妻は加堂氏の一味という推理ですか」

神保照夫が、先刻のしょげ方とはうって変わって、急にいきいきとした声を出した。テレビドラマで演じている刑事役そのままの颯爽《さっそう》とした雰囲気であった。

「一味だなんて、安っぽいギャング映画もどきですね」

広野が皮肉な言い方をした。神保はいきり立って反論しようとしたが、台本の台詞《せりふ》を忘れたように、言葉が出ない。根っからアドリブのきかない男だ。

二枚目俳優の窮地を、老優の片岡清太郎が救った。青い顔で入って来ると、しばらくモジモジと口ごもっている。

「どうでした？」

谷川が水を向けた。

「はあ……それがどうも、妙な具合なのですが……家内は眠っておりまして……」

「眠ってる？　この騒ぎにですか……」

谷川は口をあんぐり開けて、せっかく渋味《しぶみ》のある顔を台無しにした。

「申し訳ありません、ただ、どうも眠り方が尋常《じんじょう》ではなくて、いくら起こしても目が覚めないものですから、ひょっとすると……」

「睡眠薬ですか？」

浅見が言った。

「はい、ではないかと……」

「まさか、また毒を飲まされたんとちがいますやろな？」

赤塚が言った。

「えっ？……」

片岡は「毒」という言葉を聞いてギクッとなった。慌てて身を反転させてふたたびキッチンへ向かう。浅見も赤塚もすぐに走り出した。谷川はほかの者たちを制してから、後《おく》れて部屋を出た。

部屋を抜けてキッチンに入る。広いキッチンがガランとしていた。大きな流し台や調理台には、料理の残りがそのまま盛られた食器が堆《うずたか》く積まれている。

室の中央にある調理台に椅子を寄せ、台の上にうつぶせになって、立花かおるが身動きひとつしないでいた。

片岡は妻の肩を揺すって、「康子《やすこ》、康子」と呼んだ。かつてのスターの本名が、わりと平凡なものであることを、浅見はこの時はじめて知った。

片岡の呼び掛けに、かおるは少し煩《うるさ》そうに反応しただけで、目覚める気配はない。しかし見た感じでは、脈拍や呼吸は至極《しごく》、平常のものに思えた。

「大丈夫みたいですね」

浅見は片岡の肩を叩いて言った。赤塚も谷川もホッとしたように胸を撫で下ろした。

「単なる睡眠薬にすぎないようです。おそらくあのジュースにでも入っていたのではないでしょうか」

流し台の上に立っているジュースのボトルとグラスに歩みよった。グラスにほんの少量だけ残っているジュースを傾けると、底のほうに白い結晶が付着しているのが見えた。

「ほら、やっぱりそうですよ」

「はあ……ですが、なんだって睡眠薬なんかを……」

「いや、奥さんが承知の上で飲んだわけではないでしょう。奥さんを眠らせておかないと、車を盗んだりとか、いろいろな作業がやりにくいので、誰かが睡眠薬を仕込んだのですよ、きっと」

「そしたら、やっぱし加堂のじいさんの仕業《しわざ》ですか?」

赤塚が言って、慌てて天井を仰いだ。

「問題は加堂さんですね」

浅見が赤塚の言葉を受けるように言った。

「あのご老人はいったいどこにいるのか」

「それですがな、この屋敷のどこかにいるいうことは確かですやろ。みんなで手分けすれば、探《さが》せへんことはないと思いますよ」

「そうですな、外へ行くことができない以上、われわれとしては、加堂さんの所在を突き止めるしか、方法がないのですからな」

谷川は一大決心をしたように言うと、キッチンを出て行った。

片岡夫妻を残して、赤塚と浅見も彼のあとに続いた。

第三章　ひょうきんマンの死

1

加堂孝次郎の別荘は、建坪《たてつぼ》がおよそ二〇〇坪ぐらいはありそうな二階家で、外装はスコットランドあたりの旧《ふる》い家を思わせる石造りである。

一階は玄関ホールや大ホール、ダイニングルーム、キッチンなど、お客を饗応《きようおう》するための部屋や設備に費《つい》やされている。

二階へ昇る階段はダイニングルームから見通せるところにある。手摺《てすり》には見事なライオンの彫刻が施《ほどこ》され、重厚にして豪華な印象だ。

二階部分はすべて寝室といってよかった。主人用の部屋だけが二間《ふたま》続きだが、ほかの客室はいずれも一部屋だけ、バス、トイレのついたホテル形式の部屋だ。

そういう部屋が八つある。加堂がこの別荘を自分の静養の目的だけで建てたのではないことは、その点からも窺《うかが》える。ことに、芸能界を引退してからは、客を大勢集めてワイワイやるのが生き甲斐《がい》のようにさえ思えた。

片岡の話によると、主人・加堂孝次郎の部屋は二室に分かれていて、合計で四十畳ばかりだそうだ。ほかの客用の部屋は、諸設備入れてもそれぞれ十二畳程度だろうか。一般的なホテル程度の設備は整っているといってよさそうだ。

御大《おんたい》・加堂孝次郎の部屋は二階の廊下の突き当たりにある。谷川は歩み寄った勢いで、躊躇《ちゆうちよ》なく、マホガニー材の頑丈《がんじよう》そうなドアを叩いた。

応答はない。耳をすましても、遠いダイニングルームのざわめきが聞こえるほかは、森《しん》閑《かん》として、分厚いドアを通しては、人の気配を感じさせる物音は聞こえなかった。

谷川はもういちどノックをしてから、ノブに手をかけた。

ドアはロックされている。

「やはりお留守なのでしょうかね」

谷川は憮然《ぶぜん》として言った。客を集めておいて、肝心《かんじん》の主人が留守とは、そのことだけでもけしからん話ではある。

谷川、浅見、そして赤塚の三人がドアの前を離れようとした時、かすかな音が聞こえたような気がした。三人は同時にその音に振り返った。

「中に人がいてるんとちがいますか」

赤塚がドアに耳を当てて、中の様子を窺った。針金細工のように瘦《や》せた体型の赤塚がそういう恰好をすると、本人が真剣であればあるほど、まるでギャグでも演じているようにひょうきんだ。

赤塚は耳をドアにくっつけたまま、二人の方を見て頷いてみせた。物音が聞こえるという意思表示である。

浅見も赤塚を真似て、ドアに耳を寄せた。たしかに、コツコツという、床を踏むような音がかすかだが聞こえる。歩き回っている足音ではなく、たとえば椅子に坐って床を爪先《つまさき》で叩いているという感じの音だ。

浅見はやや乱暴にドアをノックした。とたんに「足音」はやんだ。しばらくじっとしていると、また足音は再開される。明らかにこっちの動きに対応していることは間違いない。

赤塚は我慢がならないというように、大声で「加堂さん」と呼んだ。返事はない。

「失礼なおっさんやなあ」

赤塚は小声で罵《ののし》った。

「どうしまひょ。かまわんさかい、ドアを破ったりましょか」

「まさか、そこまでは……」

谷川は慌てて首を横に振った。しかし、彼にもどう処置すべきか、名案はないらしく、問いかける目で浅見を見返った。

浅見は時計を見た。すでに九時を少し過ぎている。

「ともかく、もういちど皆さんのいるところに戻りましょう。何が起きようとしているのか、どうすればいいのか、落ち着いて考えてみることが必要のようです」

谷川も赤塚も異論はなかった。

ダイニングルームに戻ると、残っていた全員の目がいっせいに三人に集中した。

「どうだったのですか?」

広野サトシが真っ先に訊《き》いた。堀内由紀にふられた時には、この世の中でいちばん惨《みじ》めな男のように噂された広野だが、隣りの谷川令奈を意識するせいか、顔つきもポーズも颯爽としていて、どことなく中世の騎士を思わせる。

「いや、立花さん——片岡夫人は大したことはありませんでしたよ」

浅見は言った。立花かおるが睡眠薬を飲まされたなどと言えば、皆の不安感がつのるばかりだと思った。だが、赤塚はあっさり、浅見の配慮をぶち壊した。

「死んでへんけど、やっぱし、睡眠薬を飲んではるみたいですわ」

「睡眠薬を?　なんだって睡眠薬なんか飲むのです?　仕事中じゃないですか」

広野が非難するように言った。

「ああ、そやそや、飲んだんとはちがうわ。飲まされはったんやわ」

「飲まされたというと、誰にですか？」

「そら犯人に決まっとるでしょう」

「犯人……」

全員が顔を見合わせた。

「犯人は車を運び出したりするのに都合が悪いので、立花さんを眠らせたのでしょう」

浅見が言った。

「殺さないで眠らせたということは、犯人には少なくとも片岡夫人——立花かおるさんを殺す気はないということですね」

白井美保子が訊いた。

「そのようですね」

「じゃあ、いったい誰と誰を殺すつもりなのよ」

三島京子がヒステリックな声を上げた。

「もしかすると、永井さん一人だったのかもしれまへんな」

赤塚が言った。

「さあ、それはどうでしょうか」

浅見は首をひねった。

「永井さんだけを狙うのでしたら、こんな大仰《おおぎょう》な道具立ては必要ないでしょう」

「そうかて、去年も一昨年《おととし》も、ここのパーティーで殺されたんは一人ずつだったそうやおまへんか」

「いや、前にも言ったとおり、あれは殺人事件だったかどうか。少なくとも警察は殺人事件とは見ていないようですよ。それに、今回のパーティーは明らかに去年までのとは異質だそうですし、われわれをここに閉じ込めたことといい、このままでことが終わるとは思えません」

「そしたらやっぱし、まだこの先も誰ぞ殺される言わはるのですか？」

「そうは思いたくないのですが」

「ふーん、そうすると、この中に犠牲者がいるということですか……」

赤塚がテーブルの周囲をグルッと見回した。赤塚の視線が通過するたびに、そこにいる者は眉をひそめた。

「しかし浅見さん」と谷川が言った。

「殺人の目的や動機は何なのですかねえ。もしそれが分かれば、われわれの中の誰と誰が狙われているのかも分かるし、対応の仕方もあるのだけれど、加堂さんの狙いが分からない状況では、対策の立てようもありませんからね」

「それやったら、加堂さんに殺されるような理由に、何ぞ思い当たることのある人が、告白したらええのんとちがいますか」

赤塚が言った。

「そんなもの……」

白井美保子が腹立たしそうに言った。

「そんなものがあるはずないでしょう。もし仮にあったとしたって、自分から告白したりするものですか。ねえ、皆さんはどうなんですか？」

案《あん》の定《じょう》、誰も反応を示す気配がない。

「そんな生温《なまぬる》いことより、いっそ、加堂さんを探して訊き出したほうが手っ取り早いじゃないの」

京子がじれったそうに叫んだ。

「あの人がこの建物の中にいることは確かなんでしょ？」

「加堂さんはどうやら自分の部屋におられるようですよ」

谷川が加堂の部屋の様子を説明した。

「呆《あき》れたわねえ。それであなた方、黙ってスゴスゴ戻って来てしまったの？　ドアを破って加堂さんを引き摺《ず》り出したらいいじゃありませんか」

「まさか、いまの段階でそんな失礼なことはできませんよ。第一、永井さんが亡くなったこと自体、殺されたものかどうか確定的なことは言えないのですから」

「へえーっ、あれは河豚の毒に当たったんだって言ったのは、谷川さん、あなた自身だったのよ」

「いや、たしかにそうだとは言っていませんよ、私は医者ではありませんからね。ただ、前に似たような症状を見たことがあって、その時は河豚の中毒だったと言っただけです。それに、たとえ河豚の毒だったとしても、毒を入れた犯人が加堂さんであるとは断定できません」

「どっちにしたって、死にそうだっていうのに、警察も救急車も呼べないような状態なら、殺されたも同然じゃないですか」

「それはそのとおりですがね……」

谷川は苦い顔をして頷いた。

2

まだこの屋敷に来てから三時間と経っていないのに浅見には、時間の流れが異様に長いように感じられた。

「とにかく冷静になって、事態を整理してみませんか」

浅見が言った。

「今回のパーティーに招待された人は、私と野沢光子さんを除くと、六グループ十二人です。その中で、これまで加堂孝次郎さんとまったく接点のない人はどなたですか?」

「わしは加堂さんとは一度も会《お》うたことがおまへんで」

赤塚三男がすぐに答えた。

「あたしだって会ったことはありませんよ」

中原清の妻・幸枝が言った。

結局、この二人と、谷川令奈、芳賀幹子の四人は、加堂とは面識がないということだ。

「僕はテレビのバラエティー番組で一度だけ会いました」

広野は思い出すようにして言った。

「しかし、その頃はまだデビューしたてでしたから、加堂さんは僕のことなんか憶《おぼ》えていないと思うんですよね」

「あなたはどうなのよ」

幸枝が、テーブルにつっ伏して眠ったふりを装《よそお》っている中原を揺すった。

「おれか？　おれなら会ったことがあるよ」

中原は煩《うるさ》そうに答えた。

「いつよ、どこで？」

「あ、それならわたしが憶えてます」

芳賀幹子が嬉しそうに言った。

「わたし、清さんの番組はみんな見てるんですよね。あれは清さんのトーク番組で、ゲストが加堂さんだったんです。清さんたら、加堂さんのことをお年寄扱いして、ズケズケものを言うもんだから、見ていてハラハラしましたけど、加堂さん、ちっとも怒らなかったんですよね」

「ああ、あれなら私も見ている」

谷川が言った。

「しかし、外見はともかく、内心では加堂さん、怒っていたのかもしれませんよ。たしか、加堂さんが引退宣言をしたのは、その直後じゃなかったかな」

「じゃあ、中原さんに年寄扱いされたのが、引退のきっかけだった可能性もあるわけですね？」

浅見が訊くと、谷川は困ったように言い淀《よど》んだ。

「さあ、それはどうですか……」

「ああ、そのとおりだろうな」

中原が顔を上げて、ニヤニヤ笑いながら言った。

「おれも完全にマジで言ったわけじゃねえけどさ、半分はその気があったんだ。だいたい、大した芸でもないくせに、昔スターだったっていうだけで、芸能界にいつまでものさばっているのはよくねえと思ったからね。ほら老醜《ろうしゅう》を晒《さら》すっていうじゃないの。演技は下手《へた》だし、歌は音痴だし、若いうちはそういうのって許されるらしいけどさ」

広野と神保にジロッと視線を送って、また顔を伏せた。

「そうですか、そんなことを言ったんですか。それじゃ中原さんは殺されても仕方がなさそうですね」

広野が口許に微笑を湛《たた》えながら、しかし鋭く刺すような目つきで言った。

「もっとも、加堂さんに殺される前に、大根役者か音痴の歌手に殺されているかもしれないけど」

「そうだ……そうですよ」

神保が珍しく広野に同調した。

「僕は加堂さんとドラマでご一緒させていただいたけれど、そんなに演技が下手っていうことはなかったですよ」

「へへへ、あんたに褒《ほ》められたら、あのじいさんもさぞ嬉しいだろうね」

中原は皮肉な目をそっぽに向けたまま、うそぶいた。

「ひょっとすると、主人は中原さんと間違って殺されたんじゃないかしら?」

三島京子が大発見をしたような勢いで言った。

「加堂さんは中原さんを殺すつもりで、グラスに毒を入れたんだけど、テーブルの席を間違えたっていうことも考えられるわよね」

「なるほど、そりゃあるかもしれねえな」

中原は存外、あっさりと認めた。

「そうすると、この次はおれの番ていうわけだ。加堂さんよ、今度は間違えないようにやってくださいよ」

天井に向けて言っている。

「ばかなこと言わないでよ」

中原夫人が慌てて夫の口を塞《ふさ》いだ。浮気性のことを何だかんだと責め立てても、やはり、夫のことを愛しているらしい。

「そうですよ」

芳賀幹子は涙ぐんだ。二人の女性に生命の安全を念願されて、中原は満更《まんざら》でもなさそうな顔をした。

「ちょっと待ってください」

浅見が三人の複雑な心理劇に水を差した。

「もし、永井さんのグラスに毒を入れた人があったとしても、それが加堂さんである証拠はまだ何もありませんよ」

「加堂さんでなければ、誰がそんなことするっていうんですか?」

三島京子が詰《なじ》るように言った。

「誰と特定することはできませんが、毒を入れることぐらい、われわれの中の誰にでもチャンスがあったと思います。永井さんのグラスはほとんどのあいだテーブルの上に置かれていたし、料理に手を伸ばすふりをして、毒を放り込むことぐらい簡単な作業だったはずです。その点だけからいえば、むしろ加堂さんには不利な状況だったかもしれません」

「それじゃ、主人の近くにいた人が怪しいということになるわ」

「ああ、そしたら奥さん、三島さんがいちばん近くにいてはったのやから、三島さんが怪しいいうことになりますな」

赤塚が無遠慮に言って、三島京子に睨まれた。

「いや、必ずしも近くにいなくても、誰もが毒を入れるチャンスはありましたよ」

浅見が言った。

「たった一回だけですが、われわれ全員がテーブルを離れたことがあったでしょう。ほら立花かおるさんがワゴンをひっくり返した騒ぎの時ですよ」

「そうだ、あの時は全員が隣りの部屋へ行って、テーブルの周《まわ》りはからっぽになっていました」

谷川が言って、浅見に訊いた。

「そうすると、あの騒ぎのドサクサにまぎれて、永井さんのグラスに毒を入れた人物がいたということですか」

「永井さんが亡くなった時間との関係からいっても、その可能性が強いように思えるのですが」

「だったら、あの時、最後に隣りの部屋へ行った者が怪しいということになります」

谷川は断定的に言って、裁判官のように背筋を伸ばし、皆の顔を見渡した。

「最後にこの部屋を出たのは誰ですか?」

「あの……」

広野が申し訳なさそうに言った。

「それはたぶん僕だと思います。あの時僕は、反対側の部屋で踊っていて、皆さんが行ってしまったあとから、この部屋を通り抜けましたから」

「それだったら私も一緒でした」

谷川の娘が広野に寄り添うようにして、言った。

「ははは……これはいいわねえ」

堀内由紀が喉《のど》の奥まで見えそうに口を開けて、笑った。対照的に谷川は渋い顔になったが、それでもどうにか平静を装《よそお》って、将来の娘婿候補に質問した。

「きみたちが部屋を通る時、誰か怪しい素振りの人はいなかったかい?」

「さあ、はっきりしたことは分かりませんけど……その時点ではまさか殺人事件が起きるなんて考えてもいませんでしたし。とにかく、僕がこの部屋に入った時には、皆さんがすでに背中を向けて、隣りの部屋のほうへ向かっていたような記憶があるだけです」

「その時、最後に隣りに行ったのは誰だったか憶えているかい?」

「それは……」

広野は言いにくそうにしていたが、思いきって言った。

「このお二人です」

広野の指は、浅見光彦と野沢光子を交互に差していた。

3

「探偵さんが最後やったのなら、それまでの間に部屋を出て行った皆さんの行動は問題ないいうことですな」

赤塚が言った。

「わしも潔白いうこっちゃ」

「そうすると、僕たちの潔白だけが証明されないということですか?」

広野が不満そうに言った。

「まあそういうことでっしゃろな」

「いや、ちょっと待ってください」

浅見は苦笑して言った。

「僕は皆さんの監視を完全にやりとげていたわけではありません。第一、広野さんにしたって、僕や野沢さんが永井さんのグラスに毒を入れたかどうか、確認したわけではないでしょう。あの騒ぎの最中ですからね、その程度の動作に不審を抱くことのほうが、よほど不思議ですよ」

「しかし、少なくともテーブルの反対側から手を伸ばして毒を入れるというのは無理じゃないでしょうか」

谷川は言いながら、試みに立ち上がり、手を伸ばしてみた。ところが、意外にもほんの少し体を傾ける程度で、谷川の指は正面にある永井のグラスの上に届いてしまった。

「ははは、こりゃいい。自分で自分の犯罪を実証したみたいなもんだな」

中原がテーブルの上に伏せていた顔をひん曲げるようにして谷川を見上げ、おかしそうに笑い出した。

「失敬な人だな」

谷川は軽蔑しきったような目で、中原のいぎたない恰好を見下ろしながら坐った。

「要するに、物理的には誰にも毒を入れるチャンスはあったということですね」

浅見は対立する二人の間に割り込むように言った。

「しかし、チャンスがあったのは、何もわれわれだけではないわけですよね。あの時はこの部屋が空《から》っぽになっていたのですから、外部から——ことに反対側のドアから入って、グラスに毒を入れた人物がいたとしても不思議ではないわけです。なにしろ、僕たちは、あのバンドの連中がいなくなったことさえ、まったく気づかなかったほどなのですから」

「じゃあ、あのバンドマンたちが？……」

広野が愕然《がくぜん》となった。

「いや、バンドマンに限らず、加堂さんだって当然、犯人である可能性はあるわけですよ。永井さんがほんとうに殺されたのであれば、という注釈つきでですが」

「まだそんなことを言って、殺されたに決まっているじゃないの」

京子がまた癇癪《かんしやく》を破裂させた。

「ええ、たぶんそう思って差《さ》し支《つか》えないとは思うのですが、しかし、もし加堂さんの犯行だとすると、やっていることがあまりにも幼稚すぎますからねえ。たとえば、こうしていつまでもわれわれを閉じ込めておくわけにいかなくなるのは分かりきったことだし、いくら電話を切ったり車を運び去ったとしても、いずれ警察がやって来て、犯罪を暴《あば》くことになるのは避けられません。そうすれば、加堂さん自身の破滅になることは間違いないわけです。そんなことを承知の上で、芝居がかった殺人を犯すというのが、どうも……」

「そうですなあ。ほんとに、加堂さんの真の目的は何なのだろう？……」

谷川も腕組みをして浅見の話の続きを待った。

「もし、この事件が加堂さんの犯行だとすれば、一つだけ考えられることがあります。それは、加堂さん自身、死を覚悟の上でやっているということです」

「というと、癌《がん》か何かで、余命いくばくもないということですか？」

「でなければ、自殺を考えているか、です」

「それじゃまるで、地獄への道連れをつくっているのと同じじゃないですか」

「ははは、みんなで死ねば怖くない――でんな」

赤塚がばか笑いした。

「冗談を言っている場合じゃないでしょう。あなただって殺されるかもしれないのよ」

白井美保子が叱ったが、赤塚には少しもこたえない。

「そやそや、またさっきの続きに戻るけど、殺されるのは誰と誰やろなあ。まず清さんが第一の候補として、その次は誰ですねん」

「自分だけは殺されないつもりなのね」

堀内由紀が面白《おもしろ》そうに言った。

「そりゃそうでんがな、わしを殺す理由がおまへんものな」

「そうかしらね、赤塚さんは清さんの同類だと思われているのかもしれないじゃない。だとしたら、分からないわよ」

「ひえーっ、顔に似んときついこと言うわ。そういう由紀さんのほうこそ、殺されるんとちがいますか？」

「どうしてよ？」

「そうかて、あんたが加堂さんの悪口言うてはったことぐらい、わしかて何度も聞いたことがありまっせ」

「そんなの、陰口ぐらい誰だって言ってるじゃないの。芸能界で人の悪口言ったり、足を引っ張ったりしない人がいたら奇蹟よ。そのたんびに殺されたんじゃ、タレントなんか一人もいなくなっちゃうわ」

「言えてるねえ」

中原が感心したように唸《うな》った。

「おれのこと雑誌にサシたやつが誰かも分かってるけどさ。まあ、この世界で陰口や悪口ぐらいでいちいち腹立てていたら、やってけねえよなあ」

「ほんとにそうなんですか？」

思わぬところから質問が発せられた。光子である。濁りのない真っ直ぐな口調はタレント連中のそれとちがって、いかにも爽《さわ》やかで耳に心地よい。

「だとしたら、加堂さんほどのベテランならば、他人の悪口なんかを気にしていちいち怒ったり、まして殺人までするはずがないと思いますけど」

「しかし、加堂さんは気位《きぐらい》の高い人ですからねえ」

谷川が言った。

「老化という、自分がもっとも気にしていることを指摘されたり、芸のことをけなされたりすれば、超ベテランであっても、いや超ベテランであるがゆえに、人一倍、屈辱を感じたり怒ったりすることだってあるのじゃないかな。うわべは平静を装っていても、内心、煮えくり返っていたのかもしれない。あの人にとってみれば私たちなんか、まだまだ半人前だと思っていたはずです」

「永井さんはどうだったのでしょう。加堂さんを怒らせるようなことを言ったのでしょうか？」

「少なくとも、あの本には加堂さんのことは書いてなかったわね」

京子が言った。

「聞くところによると、あの本の続編が出る予定になっていたそうですね」

谷川が言った。

「ええ、そうらしいですけど、私は反対しましたし、主人だってあんまり評判がよくないので、そう積極的には出す気がなくなってたんじゃないかしら。でも出版社は評判なんかどうでも、売れさえすればいいっていう考えで、強引に出すつもりだったでしょうけれどね」

「もしかすると、続編に加堂さんの悪口が書いてあったのじゃありませんか?」

「さあ、どうなのかしら。私は前の時も今度のも、ぜんぜん原稿を見てないんですよね。もっとも、主人が原稿を書いていたわけじゃないですけど」

「じゃあ、加堂さんがそこに悪口が書いてあるのを知って、本を出すのを止めさせようとしたということはあり得ますね」

谷川はようやく一つの結論を発見したと言いたげに、浅見の顔を見た。

「つまり、加堂さんのそういう要望を永井さんが無視したというわけです。それなら必ずしも、中原さんと間違えて永井さんを殺したわけではないということになります」

「そうすると、もう加堂さんの目的が達成されたから、これ以上の殺人は起きないということですか」

浅見は首をひねった。

「さっきも言ったように、永井さん一人を殺すためにしては、ちょっと芝居の道具立てが大仰《おおぎょう》すぎるような気がしますけどねえ。電話を細工したり、車をどこかへやったり、エアライフルまで使って足止めをしたり、立花さんに睡眠薬を飲ませたり……おまけに、加堂さん自身、殺人罪で警察に追及されることを覚悟の上というのでは、なんだか子どもじみた自棄的行為としか思えません」

　浅見はやや間《ま》を取って、

「それに、この犯罪は加堂さん一人で、はたして可能なのでしょうか？　たとえば車をどこかへ運び去ったのも、加堂さん一人の仕業《しわざ》なのでしょうか。あのご老体にそういう忙しい仕事ができたとは、どうも信じられない気がするのですが」

「じゃあ、共犯者が何人かいるのかもしれませんよ」

「そうだとしても、捕まることを覚悟の上でなら、電話を切ったり、われわれを足止めしたりする必要はないのではありませんか？」

「うーん、その目的が何なのか分からないけれど、とにかくそうした以上、何か考えがあってやったことなのでしょう」

「では、それはいいとして、どうしても説明がつかないのは、僕をここに招待した目的が何かということです。単に傍観者として、あるいは警察への証言者として呼んだものとは考えられませんが」

「…………」

「それに、今回の奇妙なパーティーそのものが説明できませんよね。いったいここに招待されたお客の人選は、どういう根拠のもとに為《な》されたのか。たとえば常連であったはずの多くの人々はなぜ招待されなかったのか。そのことにも疑惑を感じませんか？」

「それは奇妙であることは認めますよ。しかし、だからといって、加堂さんがやったことをいくら推量してみたって無意味なんじゃないですか？　それに、招待された客のすべてが参会するとはかぎらないのだし。常連の何人かは欠席しているのかもしれません。それとも、浅見さんはそのことに何か意味があると言いたいのですか？」

「いや、そこまではまだ分かりません。ただ奇妙なことだと……」

浅見は首を振った。混沌《こんとん》とした中から何かが見えてきそうで、なかなか実像が摑《つか》めないでいる。

4

「それで、これから先、僕たちはどうすればいいのですか？」

神保照夫が遠慮がちな声を発した。

「どうするか、というより、どうなるかと言うべきかもしれませんね」

広野がすぐに言い直した。

「この状態では、僕たちには主体性がないと思わなければならないのでしょう?」

谷川に同意を求めた。

「そうだね、加堂さんの掌《てのひら》の中で動いているようなものだからね」

「だけど、いつまでもここでこうしているわけにもいかないですよね」

神保が言った。

「そうだなあ、お子さんの時間は過ぎたし、そろそろおねむになったかな」

中原がからかった。神保はムッとした顔を向けた。

「眠くなったわけじゃありませんよ。このままじっと、何かが起こるのを待っていていいのかと言ってるんです。思いきって脱出するとかしなくていいものか……」

「それやったらもう実験済みでっせ」

赤塚が言った。

「そやけど、神保さん、なんやったらひとつ挑戦してみたらどないですか。由紀さんの喪服姿いうのも、テレビ映りがええかもしれへんし」

「いや、僕はべつに無茶をしようとは思いませんよ」

神保は苦い顔をした。

「これからどういうことが起きるにしても、明るくなるまではみだりに動かないほうがいいでしょうな」

谷川が言った。

「万一、ここから出られない状況が続くとしても、われわれのほとんどが明日も仕事のスケジュールが入っているのだし、明日になれば、事務所の者も騒ぎ出します。そうなれば、警察がやって来ることは間違いないのですからね。それまでの間はじっと待つ以外、方法はありません。ともかく、一応部屋に引き上げることにしませんか。部屋に入ったら、中からしっかり鍵を掛けて、何か不審なことがあれば、隣りの壁を叩いて知らせる……そういうことでどうでしょうか」

谷川が皆に諮《はか》った。異論を唱《とな》える者はなかったが、部屋割をどうするかが問題だ。谷川・白井夫妻と、中原夫妻、永井・三島夫妻、それと神保・堀内夫妻については、すでに部屋は決まっていたが、残りの未婚者のカップルや広野のように独《ひと》りで来ている者は、まだ部屋に入っていない。

おまけに三島京子の場合は、せっかくのパートナーがきわめて頼り甲斐《がい》のない状態になってしまった。

「私はどうすればいいのよ」

京子は悲鳴のような声を出した。

「一人であの部屋にいるなんて、いやよ」

「一人やおまへんやろ」

赤塚が言った。

「大事なご主人が一緒やおまへんか」

「ふざけないでよ」

京子は真顔《まがお》で肩を震《ふる》わせた。

「そうですね、それじゃこうしたらどうでしょう」

浅見が提案した。

「野沢光子さんと三島さんが一緒の部屋に入るというのは」

「そうねえ、それしかないわね」

京子は仕方なさそうに承知した。光子は何も言わなかったが、あまり嬉しい顔ではなかった。

女同士というのは、いろいろ気を使うことが多いものだ。

「わしはどうしまひょ」

赤塚がおどけて言った。

「芳賀幹子さんと一緒というわけにもいきまへんやろな」

「あら、かまわないんじゃありません？　一緒に招待されたことだし」

中原夫人が意地悪い目つきで言った。中原は沈黙を守っている。

「僕と一緒の部屋に入りませんか」

広野が機転をきかせて言った。

「芳賀さんは令奈さんと同じ部屋になさったらどうでしょう」

令奈は了解を求める目を父親に向けた。谷川もこっくりと頷いた。

結局、浅見だけが一人部屋ということで、あとの六組はペアが成立した。光子が「大丈夫なの？」と目顔《めがお》で訊いた。

正直、人一倍怖がりの浅見としてはあまり大丈夫な心境とはいえなかったが、やむを得ない。

まあトイレは室内にあることだし、現われるのは幽霊よりも殺人鬼のほうらしいから、なんとか抵抗のしようもありそうだ。

谷川がテーブルの上の呼鈴を鳴らすと片岡が飛んで来た。

「奥さんの具合、どうですか？」

「はあ、相変わらず眠りこけています。どうもご迷惑をおかけして申し訳ありません」

「いや、それは気にしないでいいですよ。ところで、われわれは部屋に入って休みたいのですが」

谷川は決まった部屋割を説明した。

「こういうことでいいですか？」

「はい、それはもちろん結構です。各部屋にはすべてツインのベッドを用意してありますので、ごゆっくりお休みください」

「ところで、さっき加堂さんの部屋に行ってみたのですが、加堂さんは部屋にいるのではありませんか？」

「えっ？　ほんとですか？　まさか……私がドアをノックしました時には、何のお答えもありませんでしたが」

「いや、返事はありませんでしたがね、何か足音のような物音が聞こえたものだから……そうすると片岡さんはまったく加堂さんの居場所を知らないのですか？」

「はい、私どもは今朝方こちらに参ってから、いちども加堂さんにはお目にかかっておりません」

「それじゃ、今夜のパーティーの手配などは、どうしてできたのでしょうか？」

「それは、ほとんどのことは前もって段取りができておりました。私はあらかじめ電話で指示されたように動いていただけです。じつはお料理のほうも、すべて出来上がっておりまして、私どものすることといえば、電子レンジに入れることぐらいなものなのです」

「なるほど、それならお二人だけでも、なんとかこなせるわけですねえ。すると、従業員はあなた方のほかは門番の人とバンドマンたちだけですか？」

「はい、そうだと思います。バンドの人たちも勝手にやって来て、勝手に帰って行きまして、私とは話もしてないような具合です」

「じゃあ、あの奇妙な歌——誰かが誰かを殺してる——についても関知していないのですね？」

「はい、ぜんぜん……どこかでテープを回しているのだとは思いますが、それがどこで、どういう仕組みになっているのか、さっぱり分かりません」

「驚きましたねえ……そもそも、片岡さんご夫妻が加堂さんに雇われた経緯《いきさつ》はどういうことだったのですか？」

「それは突然のお話でして、お手紙をいただきまして、これこれこういうパーティーがあるから手伝ってくれないかという……それで、あの、報酬のほうも法外なものでありましたし、加堂さんとは昔馴染みでもあり、お引き受けすることにしたのです」

「それにしても、ずいぶん奇妙なパーティーだとは思いませんか？　しかも、電話は通じないわ、車はどこかへ移動させるわ、あげくのはて、銃を使ってわれわれを閉じ込めたりするわ……加堂さんはいったい何が目的でこんなことをしているのか、ほんとうにまったくご存じないのですか？」

「はい。ほんとうにまったく、存じません」

片岡は当惑しきった顔で頭を下げるばかりだ。

谷川は客たちを振り返り、やれやれというように、両手を広げてみせた。

「どうやら待つしか方法がないようですな。ともかく部屋に引き上げましょうか」

全員がゾロゾロと二階へ向かった。

光子は浅見に寄り添って「これで殺人ドラマは終わったの？」とささやいた。

「そう願いたいものだね」

浅見は肩をすくめた。

「さすがの名探偵も、困ってるみたい」

「ああ。登場人物が皆、芝居がかっているからね。言ってることもやってることも、どこまでが本当で、どこからが虚構か見分けがつかない」

「おやおや、なんだか頼りないこと。百万円の依頼料は高すぎたって、加堂さん、後悔してるかもよ」

「そうかな、僕はむしろ安すぎると思っているけどね。この命の値段にしては」

「ますます心細いわね。じゃあ、お大事にお休みなさい」

階段の上で右と左に別れた。

浅見は光子ばかりでなく、客のすべてが自室に入るのを見届けてから、たった独りで寝ることになった部屋のドアを陰鬱そうに開けた。

5

いきなり、猛烈な勢いで壁を叩く音が聞こえた。浅見は何か夢を見ていたのかもしれない。夢の中で現実の音と夢のストーリーがゴッチャになって、目覚めた瞬間は事態の把握ができなかった。

ゴンゴンという音であった。その音に混じって「誰かーっ……」と叫ぶ声が聞こえる。壁の遮音《しゃおん》効果がいいせいか、衝撃音に較べると声のほうはひどく遠い感じだ。

とっさに時計を見ると十二時二十分を示している。

浅見は飛び起きるとドアに走った。

一応、警戒してドアを細めに開け、廊下の様子を窺《うかが》ってから外に出た。廊下には人影はない。

隣室のドアの前に行くと、叫び声はいっそうはっきり聞こえた。「誰か来て」と言っている。

浅見はドアをノックした。

「浅見です、どうしました？　開けてください！」

中の声が静かになったと思ったら、ドアを薄く開け、神保照夫の顔が覗いた。神保は浅見の顔を確認すると、一気に飛び出して来た。

備えつけの寝間着ではなく、おそらく自前《じまえ》のものなのだろう、白地にブルーのストライプの入った、上等のパジャマ姿である。

「死んじゃった、死んじゃった……」

神保はうわごとのように言って浅見にしがみついた。

「死んだ？……」

浅見はギョッとした。「死んだ」という言葉より、神保の涙によごれ、恐怖にひきつった表情に驚かされた。いや、恐怖という単純な表情ではなかった。悲しみと疑惑と、それに、奇妙な表現だが、どことなく幼児が母親に甘えるような表情の入り混じった顔であった。

「死んだとは、まさか、堀内由紀さんが死んだのでは?……」

「うんうん」と神保は頷いた。もはや言葉も出ないような有様《ありさま》だ。

浅見は神保ごと押し退《の》けるようにドアを開けた。

室内に入るまでもなく、堀内由紀の異変はひと目で分かった。ベッドに仰向《あおむ》けになって、口を大きく開け、うつろな眼を天井に向けている。毛布は足下《あしもと》まで剝《は》がされ、派手なネグリジェ姿の胸のあたりもはだけている。浅見は思わず目を背《そむ》けた。

「どうしたのですか?」

ドアを一歩入ったところで、浅見は神保を振り返り、詰問するような口調で言った。

「分からない……気がついたら死んでたんですよね」

「もっと詳しく話してください。いつどうして気がついたのか」

「たったいまですよ。眠ってたら、何か言ったみたいだったので、それで、彼女のベッドに行くと、もうこんな感じだったんです」

神保は死んだと言っているし、見た印象でも、死んでいるのは間違いなさそうだが、それでも浅見は、念のために由紀の死を確認しなければならないと思った。

「谷川さんを呼んで来てください」

神保に命令した。神保はよろめくようにして廊下を歩いて行き、谷川の部屋とおぼしきドアを叩いた。ところがそこのドアから顔を出したのは広野サトシだった。

かつての恋敵《こいがたき》同士の気まずいご対面というところだが、いまはそれどころではない。神保は間違いに気づいて、慌《あわ》てて隣りの部屋のドアに向かった。

広野はこっちの様子を窺って、ただごとではないと思ったのだろう、パジャマのまま走って来た。

「何かあったのですか?」

「堀内さんが死んだのです」

「え?……」

広野は部屋の中を覗いて、ハッと息を呑んだ。惚れてふられた相手である。むろん肉体関係もあったにちがいない。まだ充分、愛憎の感情が残っていただろう。いろいろな想いが広野の胸の内を去来したことが想像できる。そういう男の瞬間的な表情を、浅見は注意深く見つめた。

谷川秀夫が神保を従えてやって来た。

「何だかよく分からないが、由紀さんが死んだとか言っているようですが」

広野と同じように室内を覗き、やはり同じような反応を見せた。

「たしかに死んでいるのですか?」

浅見に訊いた。

「これから確認しますので、一緒に来てください」

四人は揃って部屋に入った。ほかの三人が見守る中で、浅見は検視官の見よう見真似《みまね》で、頸動脈を触ったり、目蓋《まぶた》をひっくり返したりしてみた。

堀内由紀は確実に死亡していた。

「死後それほど時間は経過していませんね。まだ体温が冷えきっていません」

「どうしたのです？　死因は何なのです？」

谷川、浅見、広野、三人の男の視線が神保に集まった。

「ですから、その、よく分からないけど、気がついたら死んでいたのです。僕は何もしていません」

「誰もあなたがやったとは言ってませんよ」

谷川は叱りつけるように言った。

6

その頃になると騒ぎを聞きつけて、客たちは次々に集まって来た。

芳賀幹子は永井の時にはさほどでもなかったのに、あのアイドルタレント・堀内由紀の死と聞いて、素人っぽさ剝《む》き出しにして部屋に駆け込んだ。

「ほんと、死んじゃったのね……」

絶句して、来た時の勢いはどこへやら、恐ろしげに男たちの背後に尻込みした。

女性たちは谷川令奈、野沢光子、中原幸枝、三島京子、白井美保子と、奇妙なことに若い順にやって来た。最後に赤塚三男が眠そうな目をこすりながら現われ、結局、出てこないのは中原清ただ一人ということになった。

女性はパジャマの上にガウンを羽織っているけれど、男性は揃いも揃って、パジャマにズボンだけを穿《は》いた恰好だった。

狭い部屋の中に、寒そうに首をすくめた人だかりができた。屋敷の中は暖房がきいているから気温は低いわけではない。心理的にゾクゾクするものを感じているのだ。

人だかりの後ろのほうから、いちばん遅れて来た赤塚が寝惚《ねぼ》けた声をかけた。

「どないしましたん?」

「堀内由紀さんが亡くなったんですって」

芳賀幹子が言った。

「へっ?……」

赤塚は素《す》っ頓狂《とんきょう》な声を出して、人垣をかきわけ、ベッドの上の由紀を眺めた。

「ほんま、死んではるわ。そしたら、こんどは由紀さんが殺されはったんですか?」

「殺されたものかどうか、まだ死因も分かりませんよ」

谷川が急いで訂正したが、誰もまともに聞こうとはしない。やっぱり第二の殺人事件が起きてしまったのだ。次の犠牲者は?——と連想と恐怖が広がる。

現場にいつまでも大勢を立たせておくわけにもいかない。それでなくても後の捜査のために、これ以上は現場を荒らさないようにしなければならない。

「もういちど下のダイニングルームに戻りましょうか」

浅見の提案で、全員がゾロゾロと部屋を出て階段を降りた。浅見は神保に言って、現場の部屋に鍵を掛けさせた。

ダイニングルームはさらに暖かかった。テーブルの上は、いつのまに片づけたのか、料理の残りなどはなく、飲みさしの酒やジュース類が、新しいグラスと一緒に、きれいに整えられてあった。

思い思いの席に落ち着くと、浅見はちぢこまっている神保に訊いた。

「部屋に入ってからこれまで、いちども部屋の外には出ていないのですね?」

「出ていません」

「寝る前に鍵は掛けましたか？」

「もちろん掛けましたよ。部屋に入ったあとすぐです」

「部屋に入ってからのことを話してくれませんか、どんなに小さなことでも残らず」

「べつに変わったことはなかったですよ」

「とにかく最初から順に話してください」

「ダイニングルームから真っ直ぐ部屋に入ったところまでは、皆さんと一緒だったですよね。それからシャワーを浴びて——彼女が先にです。それから、あとは……あの、全部話すんですか？」

「ええ、なるべく」

「しかし、プライベートなことだし……」

神保が顔を赤らめて言い淀《よど》んでいる理由が浅見には思い当たらない。見ている光子はそういう浅見のウブさがもどかしくて、しきりに合図を送ったが、通じなかった。

「浅見さん、そのことは省略してもいいのではありませんか」

谷川に言われても、浅見にはまだ何のことやら分からない。

「いやー、そしたらこの恐ろしい夜やいうのに、エッチしてはったんですか？」

赤塚がズバッと言ったので、ようやく気がついた。

「あ、そのことはいいですから、その先を話してください」

浅見のほうが真っ赤になって、慌てて神保を促《うなが》した。

「それで、あとはそれぞれのベッドに入って、寝ました。寝たのは、たしか十一時頃だったと思います。少しトロトロしたと思ったら、彼女が何か言ったような気がして――もしかすると夢だったのかもしれないけど――起きて彼女のほうを見たら、なんだか様子がおかしいので、それでそばに行って見ると、ああいう恰好で、息をしていないみたいだったもんで……」

「それで僕を呼んだのですね？」

「そうです」

「部屋に入ってから、何か飲み物なんかは飲まなかったのですか？」

「ほんの少しワインを飲みました。ナイトキャップで、いつも飲んでいるのです」

「神保さんも？」

「ええ、僕も少し」

大きく首を振りながら神保は答えた。

「それで、あなたにはまったく異常はないのですね？」

「ええ、ありませんよ」

「ほかには何か飲みませんでしたか?」

「ええ、それだけ……あ、彼女はもしかすると薬を飲んだかもしれません」

「薬?　何の薬ですか?」

「胃の薬です、寝る前に飲むやつです。芸能界をやめてから、胃の調子が悪くなって、毎晩飲んでいますから、たぶん今夜も飲んだはずです。今夜はとくによく食べ、よく飲みましたからね」

浅見は谷川と顔を見合わせた。

「その薬ですが、どういう薬ですか?　つまり錠剤ですか、それとも粉末ですか?」

「錠剤ですよ。ええと、たしか三錠飲むんじゃなかったかと思います」

「それはビンに入っているのですね?」

「ええ」

「そのビンを持って来てくれませんか」

神保は行きかけて、憂鬱《ゆううつ》そうに振り向いた。

「誰か一緒に行ってくれませんか」

「なんや、怖いんでっか?　愛する由紀さんのいるところへ行くというのに」

赤塚が冷やかしながら、それでも気軽に立って、神保について行った。

神保が持って来たのは、何の変哲もない小さい薬ビンであった。ビンの中身は半分くらい残っているが、見た限りではやはりごくふつうの錠剤に思えた。

「この錠剤に毒を仕込むことは可能でしょうかねえ？」

谷川が浅見に訊いたが、浅見にもそれが可能かどうか、知識はなかった。

「ともかく、これは証拠品として保管しておくことにします」

浅見はハンカチにくるんだビンを、大切そうに胸の内ポケットに仕舞《しま》った。

7

「もう眠れそうにないわ」

三島京子が溜息《ためいき》まじりに言った。

「そないなこと言うて、まだ宵《よい》の口《くち》でっせ。いつもやったら六本木《ろっぽんぎ》あたりをウロついてはる時間とちがいますか？」

「そういう意味じゃないわよ。寝ているうちに冷たくなっているなんてこと、想像するとっていう意味」

「ああ、そらそうでんな。この屋敷の中に殺人鬼がいるかもしれへんし、ひょっとしたら、同じ部屋の人がそうかもしれへん。そう思いはじめたら、よう眠れまへん」

「赤塚さん、言葉に気をつけてください」

広野が真顔で言った。明るいのは結構なことなのだが、どうも赤塚には場の雰囲気を考えないきらいがある。

「え？　いや、広野さんのことを言うたわけやないですよ。あんたのことは信用してますがな」

「そういう意味じゃなくて……」

広野がしきりに目配せをしたが、遅かった。神保が顔色を変え、目を吊《つ》り上げぎみにして言った。

「それじゃ赤塚さん、あんた、由紀を殺したのは僕だとでも言いたいのですか？」

「えっ？　まさか、ちがいますがな。困ったなあ……」

「だからあなた、あまり喋りすぎないようにしたほうがいいのよ」

白井美保子が冷ややかに言った。

「分かりましたがな、そういじめんといてください。あーあ、すっかり目が冴《さ》えてしもうたわ。そしたら、せっかく起きたついでやさかい、飲み直ししまひょうか。皆さんもいかがです」

赤塚はグラスを配りはじめたが、さりとて酒に手を出す者はいなかった。とにかく、この状況下では、飲んだり食べたりすることには、よほどの勇気が必要だ。

「なんや、皆ビビッてもうてからに」

赤塚は笑った。

「それじゃわたしがお付き合いします」

芳賀幹子が健気《けなげ》に応じた。

「へえー、嬉しいこと言うてくれるわ」

「だって、赤塚さんとは一緒に招待されたみたいな間柄ですもの」

幹子は赤塚にワインを注《つ》ぎ、自分もグラスを手にした。

「あなた大丈夫? 清さんに叱られない?」

野沢光子が窘《たしな》めた。

「あら、そこにどうしてうちの主人の名前が出なきゃならないんですか?」

中原幸枝が険《けわ》しい目つきで光子を詰《なじ》った。

光子は「あっ」と口を押さえた。

「奥さん、いまさら何言うてますねん。このコと清さんのロマンスやったら、写真週刊誌に出てしもうてから、きょうび誰かて知っとりますがな」

「そうよね。あなたは主人の人気が落ちて、やがては自分が取って代わろうぐらいに思ってるから、そういうことが平気で言えるのでしょう。その写真週刊誌にネタを売ったのだって、ほんとはあなたじゃないの？」

「冗談言わんといてくださいよ。わしがなんでそないなことせんならんのでっか？　ネタを売ったヤツはほかにいてます」

「あらそうなの？　じゃあ誰なのよ」

「誰って、それ聞いてどないするつもりでっか？」

「そうね、怒鳴り込むぐらいのことしなきゃ気がすまないわね」

「そうかて、清さんの浮気をバラしてくれたんやから、奥さんとしてはむしろ感謝してもええのんとちがいまっか？」

「勘違いしないでくださいよ。私はべつに主人が浮気しようが、よそに子どもを作ろうが、そんなことはどうでもいいのよ。ただね、人気が落ちて、収入が減ることだけが困るって言ってるの。テレビや雑誌であれだけ浮気男だなんて騒がれたら、たちまち人気に影響するでしょう。だからね、浮気そのものよりも、浮気をバラした人のことが許せないのよ」

「なるほど……理屈でんなあ」

赤塚は感心した。

「そやけど、許せても許せんでも、ご本人さんが死んでしもうては、どうすることもできまへんな」

「死んだって、それ、誰のこと?」

「堀内由紀さんですがな」

「え? それじゃ、写真週刊誌にサシたのは由紀さんだったの?」

「そうですがな、清さんかて知ってはりますよ」

「それ、ほんとうですか?」

浅見が脇から赤塚に訊いた。

「ほんまや言うてまんがな。嘘や思うなら、清さんに訊いてみたらええわ」

「そうですね。そうしましょう」

ところで――と、浅見は中原が現われていないことが急に気になった。

「中原さんは眠っているのですか?」

幸枝夫人に訊いた。

「ええ、由紀さんの騒ぎが起きた時、部屋を出る前にちょっと主人のほうを見たのですけど、眠っているみたいでした。あの人、ずいぶんお酒を飲みましたからね」

「ちょっと様子を見て来ていただけませんか。できれば中原さんからもお話を訊きたいですしね」

「はあ……」

幸枝はあまり気乗りしない顔だ。

「私が行って来ましょうか」

芳賀幹子が腰を浮かせた。

「いいわよ。冗談じゃないわ、余計なことしないでちょうだい」

幸枝は憎々《にくにく》しげに幹子を睨むと、立ち上がった。

「僕も一緒に行きましょう」

広野も立った。幸枝は頼もしい騎士のエスコートに気をよくしたのか、急にいそいそと足取りが軽くなった。

二人が部屋を出て行ってから、ものの一分か二分、ドドドッという足音とともに広野が走り込んで来た。

「谷川さん、ちょっと来てください。中原さんの様子がヘンなのです」

女性の誰かが「いやーっ」というような悲鳴を上げた。

8

広野のあとから全員が駆け出していた。浅見はもちろん、中原の様子を早く見たい気持ちに駆《か》られて走ったのだが、ほかの、ことに女性たちはそれどころではなく、ほんの寸秒でも、独り取り残される不安には耐えられなくなっている。

中原はベッドに仰向《あおむ》けに寝ていた。薄眼を開け、唇をだらしなく開いた様子はふつうではない。幸枝が「あなた、あなた」と呼びかけるのにも、まるで反応がなかった。

「永井さんの時とよく似ていますね」

ひと目見て、浅見は谷川に言った。たしかに永井智宏のケースとよく似た症状を呈していた。

「そうですね」

谷川も頷いた。

「しかし、中原さんのほうが、脈拍も呼吸もしっかりしているようです」

谷川は中原の脈を診《み》ながら言った。

「たぶん、毒の量が少なかったのか、それとも、中原さんは毒に対する抵抗力を持つ体質なのかもしれませんね。このぶんなら持ちこたえそうな感じです」

「お医者を呼んでくださいよォ！」

幸枝夫人は谷川の胸に取り付いて哀願したが、それができないことは、永井の時に実証済みだ。

「奥さん、この際は待つしかありません。それに、河豚毒に当たったら、医者もどうすることもできないのだそうですよ」

「そんな薄情な……もし行ってくれないのなら、私が呼びに行きますよ」

幸枝が部屋を出ようとした。谷川と赤塚が必死に止めた。泣きわめく幸枝を二人がかりでベッドに押さえつけた。こんな場合でなければ、まるでレイプシーンを連想させるような騒ぎだ。その時、集まった人びとの中から、芳賀幹子が廊下へ走り出した。

「どこへ行くんですか？」

浅見は驚いて幹子のあとを追いかけながら声を投げかけた。

「私がお医者さまを呼んで来ます」

幹子は振り向きざま、言った。表情がふつうではなかった。涙で流れたマスカラのせいばかりでなく、頬の筋肉が引きつったような異様な顔であった。

「だめですよ。外へ出たら危険です」

浅見は階段の上まで追いかけて幹子の腕を摑んだ。

「行かせてください。でないと、清さんが死んじゃう！」

幹子は叫んだ。

愛する人を救うためなら、どんな危険をもかえりみないという一途《いちず》な眼差しに浅見は心を打たれた。

「だめだったらだめ。この屋敷は封鎖されているのです。それに、谷川さんも言ったでしょう。河豚中毒は医者にも治せないって。死ぬかどうかはまだ分かりませんよ。とにかく待つことです」

幹子は浅見の力に屈伏して諦《あきら》めたのか、部屋のほうへ戻りかけた。浅見も幹子の背を押すようにして、並んで歩き出した。

そのちょっとした油断を待っていたように、幹子は浅見の向こう脛《ずね》を蹴るやいなや、浅見の腕をかい潜《くぐ》って、敏捷《びんしょう》に階段を駆け降りた。

「待ちなさい」

浅見は脚を引き摺《ず》りながらあとを追った。猛烈な痛みが足の運びを鈍らせた。それでもなんとか階段を駆け降り、幹子の後ろ姿に向かって叫んだ。

「危険だから外へは出ないで」

足音と声に驚いたのか、片岡が廊下に飛び出した。

「片岡さん、止めてください」

浅見の声に反応して、片岡は幹子のあとを追った。一見か弱そうだが、動作は驚くほど俊敏《しゅんびん》だった。

しかし、屋敷内で幹子を止めることはできなかったらしい。玄関を出たあたりで「待ちなさい!」という片岡の声がしたきり、急に静かになった。

浅見が玄関に辿《たど》り着き、恐る恐るドアを開けた時には、外には闇が立ち込めているだけで、人の動く気配はなかった。いつのまにか風も出ていて、枯れ木がヒョーヒョーと泣く音ばかりが聞こえる。

銃声は聞こえなかったように思えるが、しかしエアライフルの発射音が家の中で聞こえるかどうか、浅見には自信はない。どこかで撃《う》たれた二人の呻《うめ》き声でもしないかと耳をすませてみたが、やはり寒々とした風の音がするばかりであった。

浅見はやむなく二階に戻った。中原の部屋には客たちが一人残らず集まって、中原を見下ろしてぼんやりたたずんでいる。

中原の容体はあまり変化がないらしい。谷川の診断どおり、弱々しいが、とにかく心臓は動いているし、呼吸も比較的に安定している。

「このぶんなら、なんとか死なずにすむかもしれませんね」

谷川が言った。

「河豚中毒は死ぬか生きるかどっちかで、生きる——つまり治ってしまえば、何の後遺症も残らないのだそうですよ」

慰めているのかどうか分からないような谷川の言葉だったが、幸枝も少し愁眉《しゅうび》を開いた様子だ。

「さっき、彼女が走って行ったようですが、どうしたのですか?」

谷川が浅見にそっと訊いた。

「外へ走り出ました」

「えっ? そいつは危険だ」

「片岡さんが追いかけましたが、捕まえたかどうか、二人とも姿が見えなくなってしまったのです」

「じゃあ、もしかすると、ライフルで?」

「やられたかもしれません」

「健気《けなげ》ねえ……」

三島京子が聞こえよがしに——とも受け取れるような言い方をした。案の定、中原夫人はビクッと肩を震わせたが、振り返りはしなかった。気丈な幸枝もいまは怒る気力が失せているようだ。

「あの、そしたらあのコ、ライフルで撃たれはったんでっか？」

赤塚がこの男とは思えないような、元気のない悲痛な声で言った。眉をひそめ、いまにも泣き出しそうな顔をしている。

「いいえ、そこまでは見ていません。うまく門の外へ脱出できたのかもしれないし、とにかく、僕が玄関のドアを開けた時には、彼女も片岡さんの姿も消えていました」

「そうでっか……」

赤塚にしてみれば、たとえ名目上とはいえ、今夜のパーティーにペアで招待された幹子が消えたことが、よほどショックだったにちがいない。

「なんというこっちゃ……」

呟くと、頭を振り振り、自分の部屋へ入ってしまった。

「これで何人の犠牲者が出たわけかしら？」

白井美保子が夫に言った。

「永井さん、由紀さん、それにまだなんとも言えないが中原さん……芳賀幹子さんと片岡さんが心配だが……」

谷川は言いながら指を折った。

「五人なのね」

「いや、確定的なのは二人だけだよ」

「そんな気休めをおっしゃらないで、現実を直視してください」

賢夫人の誉《ほま》れが高い美保子らしく、言うことも男勝《まさ》りだ。

「それにしても、中原さんはいつ毒を飲まされたのですかねえ?」

浅見は首をひねった。

「パーティーをお開きにした直前ごろではないでしょうか」

谷川が言って、幸枝に訊いた。

「この部屋に入られてから、ご主人はすぐにベッドに横になったのですか?」

「ええ、かなり酔っていましたから、シャワーも浴びずに横になりました。私がシャワールームから出て来た時には、もういびきをかいていました」

「いびきですか……ひょっとすると、その時点ですでに毒は効きはじめていたのかもしれませんね。だとすると、もう生命の危険な状態は通りすぎたと考えられます」

谷川は時計を見ながら、ほっとしたように言った。

9

その時、皆の背後から声がかかった。

「ほんとですか？　助かったんですか？」

全員がギョッとして振り返ると、開けっ放しのドアの向こうに、片岡に支えられるようにして立つ芳賀幹子の、大きく目を見開いた顔があった。

幹子と片岡の姿は、惨憺《さんたん》たるものであった。顔といわず服といわず、泥にまみれ、幹子の剥《む》き出しの腕には擦《す》り傷を負ったのか、うっすらと血がにじんでいる。

「無事だったのですか？」

浅見は思わず大声を上げた。

「はい、なんとか……」

片岡は幹子の後ろからペコリと頭を下げて言った。

「飛び出してすぐライフルに狙われました。それで、やむを得ず、途中の茂みのところで芳賀さんを突き飛ばし、倒れ伏したまま、じっと動かないでいました。それから隙を見て走って戻ったのです」

「そうですか。とにかく大した怪我《けが》がなくてなによりでした。幸い中原さんのほうもなんとか助かりそうですよ」

「それはようございました」

片岡は幹子の肩を叩いて、自分はそっと引き上げて行った。

令奈が幹子に寄り添って、ハンカチで顔のよごれを拭《ぬぐ》った。

「あなたのこと、赤塚さんが心配していましたよ」

浅見が幹子の無謀を諭《さと》すように言った。

「すみません」

幹子はションボリと肩を落とした。

「赤塚さん、どこにいるんですか？　おわびしなくちゃ」

「さっきここを出て行ったきりだから、僕たちの部屋に戻ったのじゃないかな」

広野が言った。

「彼、あなたが殺されたかもしれないと思って、ひどくショックだったみたいですよ。あなたの無事な顔を見たら、喜ぶだろうな。なんなら呼んで来てあげましょうか」

幹子の返事を待たずに大股で歩いて行ったが、やがて戻って来た広野の表情は、見る側をもたちまち絶望させるほど、不安と恐怖に満ちていた。

「赤塚さんが、ヘンです」

広野は掠《かす》れた声で、やっと言った。

「ヘン？　とは、どうヘンなのです？」

谷川が広野と同じような声で訊いた。

「なんか死んでるみたいなんです」

「まさか……」

谷川は絶句した。また新たな犠牲者か、浅見は一瞬、奇怪な伝染病を連想した。

「僕が見て来ましょう」

浅見が言い、広野の背中を押すようにして部屋を出た。その後に幹子が続こうとし、つられて女性たちも動きかけた。

「あ、皆さんはここにいてください」

浅見は制止した。せめて今度の「事件現場」だけでも保存状態をよくしておかなければならないと思った。

ドアのノブもハンカチでくるむようにして注意深く開けた。広野にも指紋などに気をつけるよう指示した。

赤塚は広野の言葉どおり、ベッドに横たわってまったく動かない。横たわってというより、カエルが叩きつけられたような、という表現のほうが、当たっている。顔はまさに苦《く》悶《もん》の形相《ぎようそう》を呈していた。

「死んでますね」

浅見は直感的に言った。それから脈を診て、あらためて黙って頷いた。

「死んじゃったのですか?」

広野は信じられないと言いたげだ。浅見だって同じ気持ちである。あれほど陽気で、全身がギャグで固まったような人気タレントが、こんなにあっさり死んで、毎日何本も出ているテレビの画面から、永久に消え失せてしまうなんて——。

浅見は赤塚から離れて、周囲の状況を見渡した。室内には赤塚と広野の手回りの荷物がやや乱雑に置いてある。テーブルの上にはバーボンのボトルとグラスが二つ載《の》せてあった。グラスの一つにはバーボン、もう一つには水が入っている。

「この酒は?」

浅見は訊いた。

「赤塚さんが飲んでいたのです。僕は飲みませんから」

浅見は両方のグラスに鼻を寄せて臭いを嗅《か》いだ。べつに怪しい臭いはない。

「また河豚の毒ですか?」

広野は震え声で訊いた。

「わかりません。河豚毒よりも効き目の速い毒のようにみえますけど」

廊下に人の気配がして、見ると谷川が立っていた。なんだか谷川までが死人のように物音を立てずに歩いている。

「あ、ノブに触らないようにしてください」

浅見は注意した。そのためにドアは開けたままにしてある。

谷川も了解して、戸口をすり抜けるようにして部屋に入った。

「どうなんですか、赤塚さんは？」

言いながら、赤塚の顔を覗き込んだ。

「これは……」

谷川は神に祈るように、両手を胸の前で組んだ。浅見も広野も、ほとんど無意識に谷川と同じポーズを取っていた。

「このバーボンですが」

浅見はそのポーズのまま、ふと思いついて広野に訊いた。

「ここにはいつからあるのですか？」

「それは皆さんと一緒にダイニングルームから部屋に引き上げる時、赤塚さんが持って来たのです」

「そうすると、それまではダイニングルームのテーブルにあったのですね。中身の減り具合からいって、赤塚さんはダイニングルームでも、すでにこのバーボンを飲んでいたのでしょうね。だとすると、バーボンには毒は入っていないのかな?……」

浅見はあらためて室内を見回した。バーボン以外、この室内に毒の入った飲み物のようなものがあるとは思えなかった。

「堀内由紀さんの場合のように、薬でも飲んだのでしょうかねえ」

「いや、それはないと思いますよ」

広野がきっぱりとした口調で明言した。

「僕の知るかぎり、赤塚さんが薬らしいものを飲んでいる様子はなかったし、実際、彼はドリンク剤ぐらいしか飲まないようなことも言ってましたから」

「なるほど……しかし、だとすると、どうやって毒を飲んだのですかねえ?」

「この部屋に来てから、バーボンに毒を入れたということは考えられませんか?」

広野が言った。

「かもしれませんね。ただし誰がいつ入れたかが問題です。ダイニングルームからこの部屋に入ったあと、鍵は掛けたのでしょう?」

「ええ、僕がちゃんとロックしました」

「それでは、由紀さんの騒ぎがあって、皆が階下へ降りたあとはどうですか？」

「それは、そのあとはロックしてありませんでした」

「じゃあ、誰でも自由に出入りできたわけですね」

「ええ、それはそうですが、しかし、誰が入ったので……そうか、加堂さんか……」

広野は愕然となった。彼の整った横顔が怒りのために朱色《しゆいろ》に染まった。

第四章　帝王《ドン》死す

1

時刻は午前二時を回った。浅見光彦の大嫌いな丑三《うしみ》つ時《どき》である。

死体の数は三つ。永井智宏が死に、堀内由紀が死に、赤塚三男が死んだ。

中原清も仮死状態にある。

立花かおるは死んではいないが、前後不覚に眠りこけている。

信じられない惨劇の真っ只中に浅見はいた。にもかかわらず、なぜか切実な恐怖感が伴わないのは、殺された者たちがタレントであるせいかもしれない。赤塚などは、現にこうして凄惨《せいさん》な死に顔を見ていながら、いまにも起き出して「あー、よう寝た」とでも言いそうな気がする。

考えてみると、彼ら自身の生活そのものが虚構と現実の狭間《はざま》の、ひどくあいまいなところにあるのだ。どこからどこまでが本気なのか演技なのか、連中にだって区別がつかないのかもしれない。

だから、生き残った者が恐怖に戦《おのの》いたり、怒りに体を震わせたりしても、なんとなく、クサイ演技をしてるなあ——というぐらいにしか見えてこない。

しかし、赤塚の死はさすがにショックだったらしい。何しろ当代最高ともいうべきギャグマンが、もはやただの物体でしかなくなってしまったのだ。広野サトシは、あの端整な顔を醜《みにく》く歪《ゆが》めて、怒りを露《あらわ》にした。

「あのじじい……」

もしファンが聞いたら、相当なイメージダウンになりそうな呻《うめ》き声を発した。

「行きましょう」

広野は谷川秀夫と浅見に言った。

広野を先頭に、谷川、浅見の順で進んだ。中原清の部屋の前を通る時、三人のただならぬ様子に気づいて、神保照夫と野沢光子が出て来て、理由も分からないまま、三人のあとにくっついて来た。

「赤塚さんはどうだったの?」

光子が浅見に訊いた。

浅見は静かに首を左右に振った。

来た。

「えっ？　じゃあ……」

光子は絶句して足を停めたが、皆から置いてけぼりを食いそうになって、慌ててついて来た。

広野の足が停まった。五人の前にマホガニー製のドアがそそり立っている。ほかの部屋のドアとは材質も造りもまるで違う。いかにも主人の部屋であることを主張するような荘重な扉であった。

広野は躊躇《ちゆうちよ》することなく、最初から強い力を込めてドアを叩いた。

「加堂さん、開けてください」

叩きながら怒鳴った。

返事はない。谷川も広野と並んで分厚いドアを殴りつけた。

「相当頑丈《がんじよう》ですね」

ビクともしないドアを前に軽く溜息をついてから、谷川は浅見を振り向いて感想を述べた。

「蹴破りましょう」

神保が靴の踵《かかと》で思いきり蹴飛ばして、はねかえされ、無様《ぶざま》に尻餅をついた。しかし、誰もその姿を笑う者はいない。

　広野が渾身の力を込めて体当たりを食わせた。かなりの衝撃があったはずだが、ドアはピクリとも動かない。

　神保も広野に加勢して、同時に体をぶつけた。

　その時、「ダーン」という轟音《ごうおん》が鳴った。ドアにぶつかったための音とは明らかに異なるものであった。

「銃声じゃない？」

　一瞬緊張した表情になって広野が振り向いて言った。全員がそのままの姿勢を保って、耳を澄ませた。

　何の物音も聞こえない。その静寂がかえって不気味だった。

　中原の部屋に残っていた連中も、廊下に顔を出して、それから走って来た。三島京子、芳賀幹子、白井美保子、令奈……そして最後には中原夫人の幸枝までが、生死の境にいる夫を放りっぱなしにして、「一人にしないでヨオ」と叫びながら走って来た。

　加堂の部屋の前に、怯《おび》えきった顔顔顔が犇《ひしめ》き合うようにして立ちすくんだ。

　階段を駆け上がって来る足音がして、片岡清太郎の驚いた顔が現われた。

「何かあったのですか？　銃声のようでしたが？」

「この中です」

谷川が加堂の部屋に顎をしゃくって、逆に訊いた。

「鍵はないのですか?」

「あると思います、鍵の束《たば》がありますから。ちょっと待っていてください」

片岡は走って行って、すぐに鍵束を持って戻って来た。

客室の分だけ鍵はあるらしい。その中で唯一の電子ロックが、どうやら加堂の部屋のものらしい。

片岡は恐る恐る鍵を差し込んで右へひねった。カチッと手応《てごた》えがあった。

片岡は脇へ退いた。さすがに「主人」の部屋に侵入するのは畏《おそ》れ多いということなのだろう。

「谷川さんからどうぞ」

広野が言った。

「いや、ここは探偵さんからのほうがいいでしょう、お願いしますよ」

谷川は浅見に頷いてみせた。

浅見はノブをゆっくりと回した。

「皆さんは少し下がっていたほうがいいでしょう」

ドドッという感じで、全員が壁に張りついた。

一同の強い視線を背に感じながら、浅見はドアを向こう側に押した。

2

すぐに硝煙《しょうえん》の臭いを感じた。浅見はドアを突き放すようにしておいて、飛びすさった。中から銃撃してくる恐れがあった。

しかし、室内に人の動く気配はない。

浅見は用心しながらドアの向こうをそっと覗《のぞ》いてみた。部屋中に煙と臭いが漂《ただよ》っていた。

右手にある大きなテーブルに、老人が突っ伏しているのが見えた。

「加堂さん！」

浅見は思わず叫んで駆け寄った。残りの者たちも浅見の後を追って、いっせいに室内に飛び込んだ。

「あ、女の人は見ないほうがいい」

浅見が言った時には、すでに女性たちも浅見の背後から伸び上がるようにして、加堂を覗き込んでいた。

「ヒャーッ」とか「イヤーッ」とかいう、悲鳴のような声がしたが、そのくせ、誰も現場を立ち去ろうとしない。

加堂孝次郎は頭の右側から血液とも脳漿《のうしよう》ともつかぬドロリとした液体をテーブルの真ん中に流して、その海の中に溺《おぼ》れ込むようにして動かない。

「あの、お亡くなりになっているのでしょうか？」

片岡が皆の後ろのほうから、震え声で訊いた。

「死んでますよ」

広野が憎々《にくにく》しげに言った。

「さんざん人を殺しておいて、さっさと死にやがって。何を考えていたんだろう、このじいさん」

それに対しては、誰も何も言わない。

浅見は加堂の右手に握られている拳銃の様子を、いろいろな角度から注意深く眺《なが》めた。

「頭にじかに押し当てるようにして、引金を引いたらしいですね」

拳銃を握った手は、耳元にくっつくようにテーブルの上に落ちている。

頭部の弾痕は、銃口を押し当てたことを想像させて、周囲に傷口がはじけている。銃口には血液らしい鈍い光沢《こうたく》が見えた。

拳銃はかなり力を込めて、しっかりと握りしめられていたのだろう。死後硬直がくると引金から指を外すのに苦労しそうだ。

芸能界というより、映画、演劇やテレビの世界全体に、帝王のごとく君臨《くんりん》していた加堂が死んだというのに、誰一人として泣く者はいなかった。

それどころか、加堂の手によって、赤塚のように若い有能なタレントが死んだことのほうに、憤《いきどお》りを抱いている。

「だけど、このじいさん、なんだって由紀を殺しやがったんだろう?」

神保が悲痛な声で言った。

「永井だってそうよ、あの人がいったい加堂さんに何をしたっていうの?　清さんが殺されるのは分かるけど」

京子が言うと、中原幸枝が「なによ」と金切《かなき》り声を上げた。

「うちの主人だって、いくら口が悪くても、あれはシャレで言ってるんでしょう、何も殺すことないじゃないの」

「いや、奥さん、清さんはまだ死んだわけじゃないのですから」

谷川が宥《なだ》めた。

「あたりまえですよ、それになんですか、まだ死んだわけじゃないって。まるで、そのうち死ぬような言い方じゃないですか」

「いや、そういう意味で言ったのでは……」

谷川は眉をひそめた。

「それにしても、何のためかしら？　何が目的なのかしら？」

光子が不思議そうに言った。

「こんなふうに、どんどん人が死ぬなんて信じられない。まるでホラー映画かサスペンスドラマを観《み》ているみたい」

「ドラマか……なるほど……」

浅見の瞳から充血の濁った色がスーッと消え、いつもどおりの、何事も見通さずにはおかない、鋭く怜悧《れいり》な眼差《まなざ》しに戻った。

「どこかに遺書か何かあるのかもしれない」

谷川はテーブルの引出しを開けてみたが、それらしいものは見当たらない。

「何が目的にしろ、こんなに大勢の人間を殺す理由なんか、あるわけがないですよ」

白井美保子が悲しそうに言った。

「加堂さん、やっぱり精神状態がおかしくなっていたのじゃないかしら。そうとしか考えられないわ」

加堂と共演したこともある彼女としては、この老人をとことん憎悪することなどできないと言いたげだ。

「まあしかし、これで悪夢のような惨劇も幕が下りたということだね」

谷川が妻の肩に軽く手を置き労《いたわ》るように言った。谷川の言葉に全員がホッとしたように小さく頷いた。

「しかし、まだ加堂さんが殺したかどうか、決まったわけじゃないと思いますが」

浅見が谷川の発言を打ち消すように言った。

「えっ?」

谷川が驚いた目を向けた。

「それ、どういう意味です?」

「いいえ、つまり、加堂さんが犯人かどうか、分からないって言ったのです」

「何ですと!」

谷川ばかりか、全員の目が、まるで異端者でも見るように、浅見に集中した。

「何か僕、いけないことを言ったでしょうか?」

浅見はドギマギして、思わず後ずさった。

「それはそうでしょう。だって、こうして加堂さんが自殺したのですぞ。これが何よりの証拠じゃないですか」

「はあ、たしかに自殺しましたが、かといって殺したかどうか……それとも、どなたか、加堂さんの犯行だと断定できる証拠があるのでしょうか?」

「あきれた探偵さんだなあ。そんなものは自分が探《さが》すべきでしょうが」

「ええ、もちろん探すつもりですが、いまのところ、まだ何も見つかってないものですから、ほんとに加堂さんが殺《や》ったのかどうか分からないと……」

「だめですよこの人。考えてみると、加堂さんに雇われたのだから、雇い主の悪口なんか言えるわけがないのでしょう」

広野が軽蔑したように言った。

「いや、そういう偏見はありませんよ」

浅見はムキになって抗弁しようとしたが、光子以外の連中は、誰も相手にしようとしない。

その時、突然、例の奇妙な歌が流れ出た。加堂が歌う「誰かが誰かを殺してる……」という、あの歌である。

3

「またぁー」と女たちは悲鳴を上げた。

「いや、これですよこれ」

神保が向こうのほうで言った。

壁際にあるオーディオ装置の前に立って、テープデッキを指差している。

「この歌の正体はこれだったのですよ。それと、この装置はたぶんパソコンつきの留守番電話みたいだから、一一〇番や一一九番のイタズラも加堂さんの仕業《しわざ》に間違いなさそうですね」

言いながら装置をいじっていたが、すぐに例の無責任な「一一九番」の応答が聞こえてきた。

「……まもなくそちらに着くと思いますので……」などと言っている。

「やっぱりそうだった」

神保は歓声をあげた。由紀の尻に敷かれてばかりいると思われていた神保としては、驚異的な大手柄というべきであった。

「僕、オーディオが趣味だから、すぐに分かったんですよね」

こういう自慢たらしい解説を言わなければ、なおよかったのだが。

「しかし、この声は加堂さんとは違うような気がしますね」

谷川が首を傾《かし》げた。

「それは演技しているからでしょう。加堂さん一流の名演技ですよ」

神保は言った。

「そうですかな……」

谷川はまだ多少、こだわったが、それ以上は反論しなかった。

浅見は片岡を呼んで、訊いた。

「あのドアの向こうは寝室ですか?」

浅見はオーディオ装置とは反対の方向——加堂がいるテーブルの背後にあるドアを指差した。

「はい、さようです」

浅見は歩み寄って、寝室に通じるドアを開けた。ノブを掴む際にはハンカチを用いた。

寝室はセミダブルのベッドが二つ並んでいて、さらにその向こうにドアがある。

「あれは?」

「あの向こうは化粧室とバスルームになっております。もちろんトイレもございます」

浅見は用心深く、必要以上には床を踏み荒らさないようにして奥へ行った。ほかの者たちはドアの手前から、おっかなびっくり、浅見の行動を覗いている。

寝室からも化粧室やバスルームからも、直接外部に出るドアはなかった。寝室もバスルームも、窓は細長いもので、人間が通れるような広さはない。

寝室には衣装戸棚もあったが、その中も、ベッドの下も、すべて調べても人間が潜《ひそ》んではいなかった。

「これで犯人は加堂さんだということが、ますますはっきりしましたね」

谷川が浅見に引導《いんどう》を渡すように言った。

「はあ……」

浅見は反発の材料がないから、黙るほかはなかった。

「あとは夜が明けるのを待つだけか……それとも、いまからここを抜け出しますか?」

探偵が頼りにならないので、谷川はリーダーとして全員の意見を求めた。

「それはちょっと危険かもしれません」

浅見は遠慮深く、言った。

「さっき、外でエアライフルを撃ったのは加堂さんではないのですから」

「なるほど、それはたしかにそうですな。加堂さんがこの建物を出た形跡は、まったくありませんからなあ」

谷川が頷いた。

「それに、あれだけの車をどこかへ運んだのも、加堂さんの仕業とは思えません」

「そうか、そうすると、共犯者がいるということですか」

広野もそれには反対しない。

「じゃあ、加堂さんがここで自殺を遂げたからといって、まだ安心できないっていうことですか？」

美保子が不安そうに夫に訊いた。

「うーん、そういうことになるのかな」

「夜が明けるまで、あと四時間か……」

広野は時計に視線を落としていたが、決然として顔を上げた。

「イチかバチか、僕が脱出してみます。このままこうして、殺されるのを待つよりは、そのほうがいい」

「いえ、それはお止《や》めください」

片岡が押し止めた。

「私が参ります」

「しかし、そう言っちゃ悪いけど、あなたには無理だ。相当走らなくちゃならないし、場合によっては格闘になるかもしれない」

「大丈夫です。これでもずいぶん苦労してきましたので、見かけよりは耐久力がありますから」

片岡は腕を曲げてみせた。そういう仕草にも、どことなく時代劇ふうの古さを感じさせる。

「ちょっと様子を窺《うかが》ってみましょう」

片岡は窓際に行って、カーテンの中に首を突っ込むようにして外を眺めた。

「どうも、真っ暗でよく見えませんなあ」

首を振り振り、戻って来ると、そのまま部屋を出かかる。

「どこへ行くのですか?」

浅見が訊いた。

「はあ、ですから、外へ連絡に……」

「だめですよ、それは」

浅見は言った。

「あなただって、さっき銃撃に遭《あ》っているじゃないですか。みすみす危険を承知で出て行くことはない」

「しかし、それは私の義務ですから」

「いや、雇い主の加堂さんが亡くなったのですから、もう義務はありません。あなたも僕も、皆さんと同じ立場の人間ですよ」

浅見はその点を強調しておきたかった。

「ではどうすればいいのでしょうか？」

「やっぱり僕が行きますよ」

広野が言った。

「令奈さんはどう思いますか？」

浅見は谷川の令嬢に訊いた。

「私は……私は、あの、困ります」

令奈は母親の白井美保子の陰に隠れるようにして、消え入るような声で言った。

「ほらごらんなさい、広野さん一人の体じゃないのですよ」

「そんな……」

広野は赤くなった。場違いな、ホンワカとしたムードが漂った。

「じゃあ、誰も連絡に行かないって言うんですか？」

中原夫人が言った。

「早くお医者を連れて来ないと、うちの人、ほんとに死んじゃうかもしれないっていうのに」

「あ、そういえば奥さん、中原さんを放っておいていいのですか？」

谷川が気がついて、言った。

「分からないけど、だって誰もいなくなっちゃうんですもの」

幸枝は泣きそうな声を出した。

4

「清さんなら、私が見ています」

芳賀幹子が言って、部屋を出ようとした。

「余計なことしないでちょうだい」

幸枝夫人がドアに立ち塞《ふさ》がった。

「そんなこと言ったって、あんたなんか清さんを捨てて来ちゃったんじゃないの」

「いいわよ。だったら私が行くわよ、冗談じゃないわ」

「勝手なんだから……」

「そうよ、勝手で我儘《わがまま》なのは、うちの家風なのね」

幸枝は捨て台詞《ぜりふ》のように言って、部屋を出て行った。

「大丈夫かしら?」

光子が浅見に言った。

「きみ、行ってくれる」

「ええ、そうするわ」

光子は幸枝のあとを追った。

「われわれも、ここにこうしていてもしようがないね」

谷川が言った。

「どうすればいいか、皆さんも考えてくれませんか」

「だから、僕がここを脱出すると……」

「いや、それはだめです」

「そうだ、この拳銃を持って行けば、脱出できるんじゃないですか」

神保が加堂の手にある拳銃を指差して言った。

「しかし、それは証拠品ですから」

浅見が難色を示した。

「証拠か何か知らないけど、死んじまっちゃおしまいでしょう」

神保は開き直った言い方をした。

「おれ、由紀が死んじゃったし、生きていても面白くないし……」

つかつかと歩み寄って、加堂の手から銃を取った。そういうものの扱いに経験があるのか、慣れた手つきで安全装置をかけ、弾倉を確かめている。

「まだ五発残っていますよ」

カシャッと弾倉を元に戻した。

「それ、私がいただきます」

片岡が言って、神保に手を差し出した。

「銃さえあれば、私にだって脱出できます」

「しかし、あなたは銃の扱いができないでしょう?」

「何をおっしゃいますか、私は軍隊経験者ですよ。もっとも、予科練に一年いたきりですけどね。だからって、銃の扱いぐらいなら私にもできます」

躊躇《ちゅうちょ》する神保の手からもぎ取るように、拳銃を受け取った。

「いいのかなあ……」

神保は谷川の顔に視線を送った。

「ほんとに大丈夫なんですか?」

谷川は心配そうに片岡に訊いた。

「任《まか》せてください」

片岡は胸を張って見せると、銃を内ポケットに仕舞った。

「では行って参ります。なに、湖尻まで行けば店もありますし、そんなに心配することはないと思います」

「湖尻までどのくらいですか?」

浅見が訊いた。

「たぶん二十分かそこらではないかと思いますが、夜道ですからもう少しかかるかもしれません」

片岡はお辞儀をして出て行った。

「気をつけて」

芳賀幹子が心配そうに眉をひそめて、言った。さっき脱出に失敗した時、片岡に助けられたことを思っているにちがいない。

遠くで玄関のドアの開く音がした。幹子が窓に駆け寄った。つられるようにして、残りの全員が窓辺に立った。

カーテンの向こうは相変わらず真の闇であった。風の音に混じってサクサクと砂利《じゃり》を踏む足音が聞こえる。おそらく周囲に気を配りながら進んでいるのだろう。

その時、「ドシュッ」というような鈍い発射音が森の木々に谺《こだま》した。

「エアライフルだ……」

浅見の声に全員が緊張した。

また「ドシュッ」という音が聞こえた。

ザクザクッと砂利の上を走る音がして、すぐに止み、それから「ダン」という明らかに拳銃の音と分かる轟音が鳴って、周囲の山々に幾重にも谺した。

片岡が応射したらしい。

足音は止んでいる。

「やったのかな、それとも、やられたのかな?」

広野が不安そうに言った。

「いや……」

令奈が広野の腕に縋《すが》っている。それが不自然な感じを与えないほど、異様な緊張感がこの場を支配していた。

「どうします?」

谷川が浅見を見返った。

「ちょっと黙って!」

浅見は唇に指を押し当てた。何か聞こえるような気がした。かすかだが、ふたたび砂利を踏む音が聞こえてきた。ただし、最前のような軽快さはない。何か物を引きずるような、ジュルッジュルッというだらしのない音である。

「負傷したのかな?」

谷川が言った。

「そうかもしれません、あるいは匍匐《ほふく》前進しているのかもしれない」

「ホフクって何ですか?」

幹子が訊いた。

「這《は》って進むことだよ」

広野が教えた。

エアライフルがまた発射された。ドシュッ、ドシュッと二度、鈍い音が響いた。

「砂利の音が止んだ」

神保が耳に手を当てて、悲壮な顔をした。

「それにしても、この闇の中で、どうして標的が見えるのだろう?」

谷川が首を傾《かし》げた。

「それは赤外線スコープを使っているのじゃないでしょうか」

神保はさすがに詳しい。

「そうか、それじゃかなわないな」

「片岡さんも、もっと応戦すればいいんじゃないかなあ」

広野が言った。

「だめだよ、こっちからは相手が見えないんだから」

「それにしたって、音のする方角へ向けて撃てば、相手も怯《ひる》むだろうし」

しかしその後はエアライフルの発射音も聞こえてこない。足音らしいものも、あれっきり聞こえなくなっていた。

「何も聞こえなくなったわ。あの人、片岡さん、死んじゃったんじゃないかしら」

美保子が不安そうに夫に言った。

「うまいこと脱出できたのかもしれないよ」

「だといいんですけど……もし亡くなるようなことがあったら、奥さん、可哀相だわ」

「そうだねえ、あの二人はずうっと恵まれないままだものねえ」

「いまだから言うけど、片岡さんが失脚したのは、加堂さんのせいだっていう話、聞いたことがあるわ」

「うん、そういう噂があったね」

「それ、いつの話ですか？」

興味深げに浅見が訊いた。

「もうかれこれ二十年になるんじゃないですかね」

「もっと昔よ。三十年近いんじゃない」

美保子が言った。

「まだみんな若くて、片岡さんがいまの広野さんみたいな感じの、ダンディな役をこなせる頃ですもの」

美保子は夢を見るような目をした。まだ日本映画華やかなりし良き時代を思い出していた。

「私なんか、主人と会う前だったし、憧《あこが》れたものですよ」

「おいおい、私を前にして、それはないでしょうが」

谷川は苦笑した。

「その片岡さんが、どうして加堂さんのせいで失脚したのですか?」

浅見は話を本筋に引き戻した。

「それは、つまり、立花かおるさんの問題があったからですよ」

美保子が言った。

5

「加堂さんは、立花かおるさんを愛していらしたのよ」

「それだけじゃないよ、かおるさんがニューフェイスの試験を受けた時の審査員の一人だったし、デビュー映画の主役も加堂さんだったから、加堂さんにしてみれば、自分が育てたつもりでいたんじゃないのかなあ」

谷川はその頃を懐かしむように言った。

「みんな若かったなあ。そうか、あれからもう、かれこれ三十年近くになるのか。われわれも歳を取るわけだねえ」

「それで、片岡さんとかおるさんはどうなったのですか?」

浅見はしつこく訊いた。

「結局、片岡さんとかおるさんは結婚することになりましてね、それでも、会社側はしばらく伏せておくようにって。いまと違って、昔は役者が結婚したらおしまいだみたいに言われた時代ですからね。看板のお姫さま女優を、トンビに油揚《あぶらあ》げをさらわれたみたいなことになっちゃ、たまったもんじゃないっていうことでしょう。しかし、会社はそれでいいけれど、加堂さんは収まらなかったわけですね。それで、スタッフに圧力かけて、片岡さんを干しちゃったというわけですよ」

「なるほど、それで失脚したのですか」

「それだけならともかく、片岡さんも不運つづきで、肝臓をやられましてね、仕事どころではなくなった。それをかおるさんがよく面倒見て、それでも二年ぐらいは頑張ったんじゃないかな。その間に加堂さんに口説かれたりしたこともあるらしいけれど、それで芸能界にいやけがさしたのか、最後には片岡さんについて、高知《こうち》県かどこか、あっちのほうへ行ったという噂があったのを最後に、長いこと消息不明だったのです」

「その片岡さん夫妻が、どうして加堂さんのところに雇われたのでしょう?」

「それはあれでしょう、加堂さんにしてみれば、罪滅ぼしのつもりだったのじゃないですかねえ」

「しかし、罪滅ぼしにしては、この騒ぎはいったい何なのでしょう?」

「うーん……どうもねえ、そうなると何が何だか分からないですねえ。これぱっかりは加堂さんに聞いてみないと」

「いま思いついたのですけど」

　美保子が言った。

「ひょっとすると、加堂さんは、片岡さん夫妻に遺産を上げるつもりで呼んだのじゃないかしら」

「遺産ですか？」

　浅見は訊いた。

「ええ、そう。きっとどこかに遺書があって、そういうことを書いてあるような気がしますわ」

「なるほどねえ、それだとちょっとした美談ということになるけど……しかし、その一方でこの凶悪な犯行か……これじゃ、こっちまでおかしくなりそうだよ」

「ですから、加堂さんにしてみれば、信賞必罰《しんしょうひつばつ》っていうことじゃないの？　やっぱり、殺された人は、何かしら加堂さんに怨《うら》みを買っているのよ」

「いいかげんにしてよ！」

　突然、長い眠りから覚めた熊のように、三島京子が叫んだ。

「あんたたち、自分が殺されたりしないものだから、勝手なことばかり言って。主人が加堂さんに何をしたっていうのよ。もしよ、もし何か悪口を言ったり書いたりしたのが悪かったとしても、何も殺すことないじゃないの、冗談じゃないわよ。あんなじいさん、どうせ自分は先が短いから自殺したってなんでいいっていうことなんでしょうけど、うちなんかまだ五十ちょっとよ。ひどいじゃない、このじじい、この野郎！」

京子はいきなり、テーブルの上の電気スタンドを振り上げると、加堂の頭めがけて振り下ろした。

グシャッという鈍い音がした。加堂の頭の下で液体が飛沫《しぶき》になって散った。

「キャッ」

女たちは飛びすさったが、興奮した京子は止めようとしない。

「止めなさい」

谷川が羽交締《はがいじ》めにして、ようやくスタンドを取り上げた。京子はハアハアと肩で息をしている。目がうつろだ。

「死んだ人にそんなことをしたってしようがないじゃないですか」

谷川が窘《たしな》めたが、はたして京子に通じたかどうか分からない。

「プッツンかな……」

神保が呟いたが、むろん誰も笑わない。神保自身もジョークで言ったつもりはなかっただろう。たしかにこの異常な出来事の連続では、並みの女性の神経では保《も》たないのかもしれない。

「むこうへ連れて行って、休ませてあげなさい」

谷川は妻と娘に言った。芳賀幹子も含めて四人の女性は全員が部屋を出て行った。

谷川と広野、神保、浅見の四人が残った。

「なんだか寒くなってきませんか」

広野が肩をすくめた。

「そうかもしれないね、明け方は気温が下がるからね。暖炉《だんろ》でも燃《も》しますか」

部屋の隅に暖炉がある。

「そういえば、どうして暖炉を燃さないのですかねえ」

浅見が不思議そうに言った。

「そりゃ、この別荘は全館に暖房が入っているから、あれは飾りみたいなものなのでしょう。うちの別荘だって、滅多に暖炉に火は入れませんよ」

谷川が別荘族であることを強調するように言った。

「そんなものですかねえ……」

浅見は呟きながら、ほかのことを考えていた。

「もし、加堂さんも殺されたのだとしたら、どういうことになりますかねえ」

「は？」

三人が異口同音《いくどうおん》に言って、浅見のどことなく間《ま》の抜けたような表情を見た。

「それ、どういう意味ですか？」

広野が、またわけの分からないことを言い出した――と言いたそうに、訊いた。

「つまり、加堂さんも被害者だったとしたら、この連続殺人はややこしいだろうなと思ったものですから」

「ばかばかしい……よくそんなつまらないことを考えるものですねえ。くだらない推理小説の読み過ぎとちがいますか」

広野はさっきよりも、さらに軽蔑をこめて、浅見から視線を逸《そ》らせた。

6

広野は相手にしないが、谷川はさすがにおとなだ。

「浅見さんがそういうからには、何か根拠があるのでしょうか？」

「ええ、ないこともないのです。ただ、いまさら取り返しがつかないのですが、あの時点でもっと冷静になって、室内の状況や、そのほかのもろもろに対して、もっと気を配らなければいけないのでした」

「そのほかのもろもろとは何ですか？」

「たとえば皆さん一人一人がどういう行動を取ったかとか、それから、何よりもこの死体の状況です」

浅見は加堂の傍に行った。

「じつは、この傷と拳銃を持った手の距離なんですがね、ほとんどくっつくような位置関係にあったでしょう？」

「ああ、そうでしたね」

「その時はべつに不思議にも思わなかったのですがね、もし銃口を頭に押し当てて撃ったとすると、当然、すごい反動があったと思うのですよ」

浅見は人差指を自分の頭に当て、引金を引く真似《まね》をして、腕を遠くへはじくような恰好《かっこう》をして見せた。

「ところが、実際には、手はすぐ下のテーブルの上に落ちていた。しかもしっかりと銃を握りしめていた……ちょっと変だとは思いませんか？」

「なるほど……」

谷川は頷いて、神保を振り向いた。

「どうです？　浅見さんの言う説は？」

「そうですね、たしかに拳銃を撃った時の反動はかなりありますからね、そうなるかもしれないし、ひょっとすると、即死したあとも、銃を握っていられるものかどうか、疑問といえば疑問ですね」

「でしょう？」

浅見は嬉しそうに笑いかけて、目の前の死体に気づいて、真顔《まがお》になった。

「だとすると、具体的にはどうしたということになるのです？」

谷川は訊いた。

「まず加堂さんに睡眠薬を飲ませておいて、眠っているところを、何者かが加堂さんの手に銃を握らせ、引金を引いた——ということが考えられますね」

「なるほど……」

全員が——広野も含めて——浅見説を真剣になって聞いた。

「だけど、待てよ……それはおかしいな」

神保が言った。

「だって、あの時はドアが閉まっていて、鍵を使って開けたのでしょう。それに、この部屋には誰もいなかったじゃありませんか」

「そうだ、窓の止め金も全部ロックされた状態になっていたな。つまり密室だったというわけですな」

谷川も言った。

「それ、どなたが確認しましたか？」

「ん？」

「止め金が掛かっていたということを、です。誰か調べたのですか？」

「ああ、それは、あとで窓のところへ行った時、何気なく見たら、全部掛かっていましたよ」

「部屋に入ってから窓際へ行ったのは、かなり時間が経っていましたよね」

「それはまあ、そうですがね」

浅見は窓際へ歩み寄った。緑色の重いカーテンが掛かっている、それを捲《まく》った。

「たしかに止め金が掛けてありますね。しかし、この止め金はワンタッチで掛けられるタイプだから、全員の目が加堂さんの死体に集中している状態でなら、誰にも気づかれないで止め金を掛けることができたかもしれませんよ。それに、僕が奥の部屋に入った時には、皆さん、そっちのほうにばかり注意を向けていたのじゃありませんか?」

三人の男は顔を見合わせた。たがいに相手がその人物であるかどうか、確認する目つきであった。

その中から神保が抜け出して、窓際に駆け寄った。

「たしかに、この窓の下はテラスの延長になっていますよ。逃げ出すことが可能です」

「もし加堂さんを殺した人物がいたとして」

と谷川が深刻な顔つきで言った。

「浅見さんはその人物が誰なのか、心当たりがあるのですか?」

「いえ、それはありません。残念ながら、あの時は僕自身、気持ちが動転してしまって、そんなことはちっとも考えつかなかったのです」

「まさか、いや、これはほんとうにまさかですよ、片岡さんじゃないでしょうねえ?」

「あっ、そうかもしれませんよ」

神保が言った。

「あの人、最後にこの部屋にやって来たのだし、皆の後ろのほうにいたのだから」

「つまり、ここで加堂さんを殺したあと、窓から逃げ出して、すぐに階段のところから顔を出したというわけか……」

広野が推理した。

「しかし、銃声が聞こえてから、片岡さんが階段のところに現われるまで、ずいぶん早かったように思うがねえ」

谷川は首をひねった。

「いくら敏速に動いても、ちょっと無理なんじゃないかなあ」

「撃ったのは片岡さんじゃなく、べつの人物で、片岡さんは止め金を掛ける役目だったということはあり得ますね」

浅見は言った。

「それはどうでしょうかなあ。私の記憶なのだけれど、片岡さんはわれわれよりひと足遅れて部屋に入ったはずですよね。そしてすぐに、『加堂さんは亡くなったのでしょうか』と言っているので、その間に窓のところまで行って来た感じはなかったですな」

「そのあと、片岡さんが外の様子を見に、窓際へ行って、カーテンを開けてましたよ」

神保が言った。

「うん、そうでしたね。しかしあの時は皆が注目していて、止め金を掛けるような動作をすればすぐに分かったはずでしょう。少なくとも私は気がつかなかったな」

「僕も気づきませんでした」

浅見は言った。

「そうすると、片岡さんじゃないっていうことですか」

広野は未来の父親の判断を信用するつもりらしい。

「片岡さんより前に部屋に入った誰か、ということはないですかねえ」

神保が言った。

「いや、それはないでしょう、片岡さんが見ていますからね」

「そうすると、やっぱり、加堂さんは自殺だったということですか」

広野は自説もろとも、浅見の「他殺説」を葬《ほうむ》るように結論づけた。

7

「それより、片岡さんはどうなったのかな」

広野は腕時計を見た。

「あれから三十分はとっくに過ぎていますよ、ふつうなら湖尻に着いているはずだけれど、無事だったのかなあ」

「怪我で歩けなくなっていることも考えられるんじゃないかな」

神保が言った。

この恋敵《こいがたき》はしだいに言葉を交《か》わすようになっている。昨日の敵は今日の友というわけなのか。

男はこういうふうに小異《しょうい》を捨てて大同《だいどう》につくということはあるけれど、女性と野党はなかなかそうはいかない。生死の境にある中原を挟んで、幸枝夫人と芳賀幹子のせめぎ合いはたしてどうなるのだろう——などと、浅見は考えていた。

さすがに四人とも、疲労感と眠気に襲われてきた。

「いつまでもここで待つわけにはいかないでしょう。われわれも、いったん部屋に引き上げましょうか」

谷川が言って、加堂の死体を残して部屋を出た。もちろんドアには施錠した。

最初に中原の部屋の前を通る。谷川はドアをノックした。返事があって、ドアを細めに開けて、光子が顔を覗かせた。

「あ、皆さん」

ドアが開いた。

「どうですか？　中原さんは」

「まだずっと同じ状態です」

「そう……じゃあ、大丈夫でしょう。疲れたでしょうから、あなたも芳賀さんの部屋に行って、お休みなさい」

「ええ、でも……」

光子は背後を振り向いた。

「私ならもう大丈夫よ、鍵を閉めて朝まで出ないようにするから」

幸枝夫人が言った。

「そうですか、それじゃ」

光子は部屋を出て来た。浅見の顔を見ると消耗した顔で、ニッコリ笑って見せた。

谷川の部屋では、ベッドには三島京子が眠り、ほかの、美保子夫人と令奈、それに芳賀幹子はカーペットの上に腰を下ろし、もう一つのベッドに凭《もた》れるようにして仮眠を取っていた。

夫人と令奈は一緒のベッドに寝ることにして、幹子は光子と一緒の部屋に引き上げた。

広野と神保、谷川と浅見という組合わせで、それぞれ部屋に落ち着いた。

さて、少し眠っておこうか——という段になって、浅見はふっと思い出した。

「そうだ、立花かおるさんはどうなったのですかね?」

「あ……」

谷川も忘れていたらしい。

「まだ眠りつづけているのでしょうかな」

「ちょっと見に行きませんか」

二人は部屋を出て階下に下りた。広いホールは不気味だった。誰もいるはずはないと思っても、足が竦《すく》む思いがする。

キッチンに入ったとたん、二人は顔を見合わせた。かおるの姿はなかった。

「どうしたのかな？」

かおるが腰掛けていた椅子はそのままになっている。

「あ、片岡さんが寝室に移したのかもしれませんよ」

浅見が気づいた。案の定、かおるは使用人用の寝室にいた。まだ服を着たまま、ベッドで熟睡している。

谷川と浅見はほっとして顔を見合わせた。

「どうやら、これでドラマは終わってくれそうですね」

階段へ向かいながら、谷川は言った。

「そうですね、正直言うと、僕はアガサ・クリスティの『そして誰もいなくなった』のように、全員が殺されるのではないかと思っていたのですよ」

「そんな……縁起でもないことを言わないでくださいよ」

谷川の顔にも、ようやく微笑が浮かんだ。浅見には、谷川の顔つきが一晩でひどく歳を取ったように思えた。

「あとは片岡さんの無事を祈るのみですね」

そのことだけが気がかりであった。順調でなくとも、片岡が生きて、なんとか湖尻に向かったのであれば、もうとっくに反応があってもいいはずであった。

「やはり辿《たど》り着けなかったのですかねえ」

浅見は不吉な想像しか思い浮かばない。

「どっちにしても、夜が明けるまでの辛抱ですよ。朝になれば黙っていても事務所の連中が騒ぎ出します。世の中がひっくり返っていないかぎりはね」

谷川はそう言ってから、一瞬、眉をひそめた。

「もっとも、世の中がひっくり返っていないという保証はないわけですがね」

真面目くさって言った。

「私ぐらいの年代の人間は、明日が確実にくるということを、どうかすると信じられなくなることがあるのです」

「それは僕たちだって同じだと思いますけど。いや、新人類だってきっと同じですよ」

「それは違いますな。私らは明日があると信じているけれど、ひょっとすると裏切られるかもしれないと思っているのです。しかし新人類はたぶん、明日があるなんてことを、最初からあてにしていないようなところがあるのじゃないですか」

「なるほど、そういうことかもしれませんねえ」

二人が部屋に戻って、ベッドの割り当てを決めた時、浅見は何かの物音を聞いたような気がした。

それは谷川も同様だったようだ。浅見と同じに、ズボンを脱ぎかけた中途半端なポーズで動きを止め、聞き耳を立てた。

「車の音ですね」

浅見が言った。

「うん、車ですね」

門の方向にかすかにエンジンの音が聞こえた。足音を忍ばせて——という感じで、そっと近づいて来る気配だ。

二人は室内の電気を消して、窓に走った。

カーテンの隙間から覗くと、たしかにスモールライトがこっちを向いている。ヘッドライトを消しているのは、こちらに勘づかれない用心のためだろうか。

「何者でしょうか？」

浅見は言った。

「片岡さんが連れて来たのかな？」

ライトが消えた。物音が途絶《とだ》えた。

8

車は完全に動きを停めてしまったらしい。エンジン音も聞こえない。

「そういえば、門番のじいさんはどうしたのですかね？」

谷川はいままで、その存在を忘れていたように言った。

「やはりバンドマンや運転手たちと同じように、何か理由をつけてどこかへ行かされたのでしょう」

浅見は言いながら、門番の老人の顔を思い浮かべていた。

（そういえば、あの時、何か引っかかるものを感じたような気がしたのだが——）

「あっ」と思わず叫んだ。谷川が驚いて、窓から飛びすさった。

「どうしたのです？　びっくりするじゃないですか」

「すみません、ちょっと変なことを思いついたものですから」

「変なことって、何ですか？」

「じつは、門番の老人ですが、入って来る時、妙に気になったのです。谷川さんは気がつきませんでしたか？」

「いや、何も、ただ無愛想なおじいさんだなと思った程度で、顔も見ませんでしたからね」

「僕は、ふだんから人の顔をわりとよく見るほうなのですが、その時は思い出せなくて……しかし、いまにして思うと、あの老人は加堂さんだったような気がするのです」

「えっ？……」

谷川はまた驚いた。

「ほんとですか？」

「ええ、ああいう突拍子《とっぴょうし》もない扮装《ふんそう》で、門番になりきったような名演技でしたから、まさかという感じですが、あの顔から髭《ひげ》と眼鏡《めがね》を外すと、加堂さんの顔になりそうですね」

「ふーん……そうでしたかねえ。しかし、そうだとすると、いったい加堂さんは何を考えてそんな真似をしたのだろう？」

「このパーティーそのものを、加堂さんは自分の書いた台本の舞台にしようとしたのではないでしょうか」

「つまり、惨劇の……ですか」

「そこなんですよね、その点が引っかかるのです。実際に演じられたのが惨劇であり悲劇であるというところが、ちょっと妙なのですが……」

浅見は首を傾げた。

「自分が門番に変装したり、不気味な歌を流したり、という道具立ては、むしろ怪談めかした喜劇の演出としては面白いかもしれませんが、本物の惨劇が行なわれたのでは、あまりにもまともすぎて、到底、しゃれた台本とは言えませんよねえ」

「どうも、私には浅見さんの考えていることが、よく分かりませんなあ」

谷川は不気味な物を見るように、闇の中にほの白く浮かぶ浅見の横顔を見た。

「それより、当面のあれですよ」

窓の向こうの得体の知れない連中に、浅見の関心を引き戻した。

「あれは敵ですかね、味方ですかね?」

また沈黙が戻った。やがて、かすかに動く物の気配が聞こえてきた。

「近づいて来ますね」

浅見は言った。砂利を踏む音がはっきり聞こえてくる。足音は複数――それも、三人か四人という感じだ。

突然、「あっ」という声がして、つづいて何事か低く呼び交わすような声がした。それまで密《ひそ》やかに動いていた彼らが、急に隠密行動を止めて、中の一人は猛烈な勢いで車のある方向へ走って行ったらしい。

「何かあったみたいですね」

浅見は谷川と顔を見交わした。

明らかに異常事態が発生した気配だ。

ところが、連中の動きが、またふいに静かになった。むしろ息をひそめるようにして、砂利道を引き上げてゆく様子だ。

「どうしたのだろう」

谷川も浅見も、闇の中で蠢《うごめ》く化物でも見るように、得体の知れない恐怖を覚えた。

さらに三十分ほどの時が流れた。

遠くでサイレンの音がした。しだいに接近して来る。それも一台ではなく、二台、いや三台はありそうだ。

「警察が来ますね」

谷川は浅見の手を握った。

「片岡さんは辿り着いてくれたのですねえ」

「いや、それは分かりません」

浅見は対照的に暗い口調で言った。

「え？」

谷川が訊き返した時、廊下に足音がした。

「谷川さん、浅見さん」

ドアを叩いて、広野が叫んでいる。浅見は急いで電気を点《つ》け、ドアを開けた。広野の顔が喜びをいっぱいに表わして入って来た。

「来ましたね、パトカーですよ」

「ええ、来ました」

あちこちの部屋から廊下に人が飛び出した。全員が服に着替えている。死の恐怖に怯《おび》え、沈み込んでいた館《やかた》が、急に息を吹き返したようだ。

やがて、門の向こうにつぎつぎとヘッドライトが到着した。バタンバタンというドアの音や、荒々しい足音、そしてライトに浮かぶ人影が、まるで映画のシーンを見るように、ものものしかった。

警官たちはすぐにはやって来ない。

「何をしているんだろう？」

　広野がじれったそうに言った。

「警戒しているのでしょう」

　浅見が言った。

「警戒って、何を警戒するんです？」

「銃を持った犯人が潜《ひそ》んでいるかもしれないからです」

「それにしたって、まさか警官に発砲したりはしないでしょう」

「分かりませんよ、警官は死体を発見していますからね」

「死体？　死体って、誰のですか？」

「たぶん、片岡さんです」

「えっ？」

　全員の視線が浅見に集まった。

「片岡さんは死んだのですか？」

「ええ、たぶんそうだと思います。さっき、警官たちが騒いでいた様子からいって、間違いないでしょう。ねえ、谷川さん」

「そうか……あれがそうだったのですか」

谷川も悲痛な顔で頷いた。

9

「うーっ……」という犬の唸《うな》り声のような嗚咽《おえつ》が起きた。ドアのところで芳賀幹子が顔を覆《おお》って泣いている。中原の時以外は、誰が死のうと泣かなかった幹子が、堪《こら》えきれずに忍び泣いているのであった。

「そういえば、彼女、下手すると、片岡さんと同じところで死んでいたのかもしれないんだなあ」

神保がポツリと言った。いや、あの時、成行きによっては、神保自身がそうなったのかもしれないのだ。そういう意味からいうと、片岡は神保や幹子の身代わりとなって死んだとも言えた。

その場に居合わせた者は、期せずして、思い思いに片岡のために祈った。

「奥さんには、誰が知らせるのですか?」

光子が言った。

「そうか、その役目があったな……」

谷川が憂鬱《ゆううつ》そうに言った。

「私が行くしかないでしょうね」

「まだ眠っているでしょう」

浅見が言った。

「もうしばらく待ちましょう。警察が来て、事実を確かめてからにしたほうがいいです。まだほんとうに片岡さんが亡くなったのかどうか分からないのですから」

「それもそうですな」

心なしか、空に白みが兆《きざ》して、山の稜線《りょうせん》がうっすらと浮かびはじめていた。悪夢のような一夜がほんとうに明けようとしている。それに力を得たわけではないだろうけれど、警察の連中が一団となってやって来た。

ザクッザクッという足音が、この際はなんとも頼もしい。

「さて、お迎えに出ますか」

谷川がおどけて言った。

全員が部屋を出て玄関へ向かった。ただ一人、幹子だけが悲しみから抜け出ることができないのか、ぼんやりと立ち尽くしている。

「さ、行きましょう」

光子が肩を抱くようにして、やっと歩き出した。

チャイムが鳴るより早く、谷川がドアを内側から開けた。ドアの向こうに制服、私服とりまぜて、いかつい顔の男たちが並んで、こっちを睨んでいた。

こちら側も負けないほどの人数が顔を揃えているので、面食らったらしい。

「ご苦労さまです」

谷川が言った。指揮官らしい恰幅《かっぷく》のいい私服が、一歩前に進んだ。

「あっ、あんた、俳優の……」

「はい谷川秀夫です」

「そうですか、自分は箱根署刑事課長の藤沢《ふじさわ》です。じつは光栄《こうえい》プロダクションの小野という人から連絡を受けて、このお宅に不審があるということなのでやって来ました」

「光栄はうちの事務所ですが」

広野が顔を出して言った。

「あ、あんた、広野サトシさんですね?」

刑事課長は、有名スターを間近に見て、思わず嬉しそうな声を上げた。

「ええ、そうですけど……だけど、小野なんていう名前の人、事務所にいたかなあ?」

「ああ、それはあんたが知らないのでしょう。最近入ったばかりの若い人だそうだから。

とにかくですな、小野さんという人が、加堂さんの別荘に連絡が取れなくなっていると言ってきたのです。電話は繋《つな》がらないし、おまけにどうも内部の様子がおかしいと。それでうちの署の者に調べてもらったら、そこに人が死んでいるというのです」

「そうですか、やっぱり……」

谷川は沈痛な声を出した。

「それはおそらく片岡さんです。片岡清太郎さんといって、かつて映画スターだった人ですよ」

「ふーん、そうなのですか。で、いったい何があったのです？」

「じつは、死んだのは片岡さんだけではないのです。この屋敷の中に、まだ三人、いや四人が死んでいます」

「何ですと？」

刑事課長は息を呑んだ。

「まさかあんた、冗談を言ってるんじゃないでしょうな？」

「冗談なんかではありませんよ。ただ、われわれはあまりにも惨劇を見せつけられたもので、いくぶん慣れっこになってしまったのかもしれません」

「で、その死体はどこにあるのです」

「上がってください、ご案内します」

刑事課長を先頭に、刑事たちが玄関に入った。制服の連中は半分、建物の外を警戒するために、玄関前に立ち並んだ。

谷川、広野、神保、浅見の四人が刑事たちを先導し、女性たちはホールで待機してもらうことになった。

「まず最初の犠牲者から見てください」

谷川は言って、永井智宏の部屋に行った。

「この人も俳優さんですな。テレビかなにかでこの顔は見た覚えがある」

刑事は永井の死に顔に手を合わせて、制服の一人に警備を命じた。

「つぎは堀内由紀さんです」

廊下を歩きながら、谷川は言った。

「なんですと？　堀内由紀といえば、あの歌手の？」

「そうですよ、彼の奥さんになったばかりの人です」

谷川は神保を指差して、言った。

「そうですか……いや、どうも……」

刑事課長はあまりのことに声も出ない。ほかの刑事たちも同様だ。これは大変な事件だぞ——という雰囲気がしだいに強まってきた。由紀の顔をひと目見るなり、刑事課長は部下の一人を本署への連絡に走らせた。

「県警の応援を要請しろ」

しかし、赤塚三男の死を知った時に、それだけでは足りないことに気づいたらしく、さらにもう一人の部下に命じた。

「鑑識も機動捜査隊も、最大規模で来るように言ってこい」

そのあと、御大《おんたい》の加堂孝次郎の凄惨な死にざまを見た時には、もはや言うべきこともなくなっていた。

10

「誰がやったのです？　犯人は誰です？」

刑事課長は青ざめた顔を四人の「客」に振り向けて、ほとんど怒鳴るように言った。もはや、相手がスターだとか、そういうことは関係がなくなっている。

「分かりません」

谷川が課長とは対照的に、落ち着いた声で言った。

「分からない？　これだけ大勢殺されたというのに、犯人の心当たりがぜんぜんないのですか？　そんなばかな……」

「しかし、ほんとうに分からないのだから仕方がありませんよ」

「あんた方はどうなんです？」

課長はほかの三人の顔をつぎつぎに眺めて訊いた。

三人が三人とも、首を横に振った。

「あんたは知らない顔ですな」

課長は浅見を指差した。

「僕は浅見という者です」

「やっぱり俳優さんですか？」

「いえ、ルポライターをやっております」

「ふーん、だったら、少しは冷静に事件を見ていたのじゃないですかな？　いったいどういう事件なのか、犯人は誰なのか、まったく分からんということはないでしょう」

「いえ、いまのところまったく分かりませんね。それと、亡くなったのは片岡さんを含めて五人ですが、ほかにもまだ重症者がいるのです」

「えっ？　ほんとですか？　誰です？」

「中原清さんです」

「中原……といったら、あのお笑いスターの中原清ですか」

刑事課長はもううんざりだ——というように、顔をしかめた。

「とにかくその現場へ案内してもらいましょうか」

各部屋ごとに立ち番の警察官を振り当てているから、残りは藤沢刑事課長ともう一人だけになってしまった。

清の部屋には幸枝夫人が看護に当たっていた。中原の容体は、依然として意識はないものの、寝息などはかなり規則的になってきているらしい。

「すぐに救急車を呼びます」

課長は幸枝を慰めた。

玄関のほうが騒がしくなったと思ったら、警官が課長に報告に来た。

「いま、下の庭先で死亡していたホトケさんの面通しをしてもらいましたが、被害者は、片岡という人物だそうです」

「やっぱり……」

谷川以下四人は、同時に呟いた。

「すみません、死因は何だったのですか？」

浅見が報告にきた警官に訊いた。

「まだはっきりしていませんが、胸に銃痕があるので出血多量によるものと考えられます」

「銃痕？」

四人は驚いた。

「では、エアライフルで射たれて死んだのかなあ。あんなものじゃ死にそうにないと思っていたけど……」

神保が不思議そうに言った。

「いや、エアライフルではなくて、拳銃のようですよ。それも持っていた拳銃が暴発したのではないかと考えられます」

「暴発？」

「そのようです、心臓をもろに撃ち抜いているようです」

「じゃあ、倒れ込んだ時に、誤って暴発させてしまったのだろうか……」

神保が言った。ほかの者たちも、そうとしか考えられなかった。

「いま、エアライフルと言ったが、それは何のことです？」

刑事課長が訊いた。

「いや、それは話せば長いことになるのですよ。こんなところで立ち話をするようなわけにはいきません」

谷川はゆったりと、重々しい口調で言った。誰の脳裏《のうり》にも、この屋敷に来てからの、長い夜の出来事が、映画の予告編を見るように蘇《よみがえ》って、流れた。

「それじゃ、とにかく階下のどこかで事情聴取をさせてもらいましょうか」

刑事課長はそう言うと、一刻も惜しむような早足で、さっさと階段を降りて行った。

ダイニングルームには、片岡の遺体と対面したばかりの女たちが、テーブルを囲んで、茫然《ぼうぜん》とした顔を並べていた。芳賀幹子はまた新しい涙にくれて、光子や令奈に慰められている。

男たちもテーブルに着いた。最初は十四人いた顔触れが、まるで歯が抜けたように、わずか九人に減っている。

「ではまず、皆さんのお名前と住所、年齢、職業について教えてください」

本来ならば加堂孝次郎が坐るはずであった正面の椅子に坐って、藤沢刑事課長が司会者のように言った。

谷川から順に、自己紹介を始めた。年齢もこの際は正直に言うしかなかった。

谷川秀夫　五十七歳　タレント
白井美保子　五十八歳　タレント
谷川令奈　二十一歳　タレント　学生
三島京子　五十四歳　タレント
広野サトシ　二十八歳　タレント
神保照夫　三十一歳　タレント
芳賀幹子　二十歳　学生
浅見光彦　三十三歳　ルポライター
野沢光子　三十三歳　家庭教師

「このほかに中原清さんと奥さんの幸枝さんがいます」

谷川が締め括《くく》って、言った。

「これで全部ですね？　あとは亡くなった人ということですか？」

「ええ、そうです……いや、もう一人いました」

谷川は気がついて、慌《あわ》てて訂正した。

「立花かおるといって、元お姫さまスターだった人で、いまは片岡さんの奥さんになっている人がいます。その人は、睡眠薬を飲まされて眠っています」

「えっ？　まだいるのですか」

課長は呆《あき》れ顔だ。

「そうだ、もういくらなんでも起こさなきゃいけないな」

谷川が言って、広野にかおるを起こしてきてくれるよう、頼んだ。

「皆さんほとんどタレントさんのようだが、最後の三人の人はちょっと変わっているのですな」

課長はメモを見て言った。

「芳賀さんはどういう関係で、今回のパーティーには？」

「それは……」

どう答えればいいのか、幹子は当惑している。

「それはですね、赤塚さんのパートナーとして、加堂さんが招待したのだと思います。なにぶん赤塚さんはチョンガーですので」

谷川が助け舟を出した。

「なるほど……浅見さんは？」

「僕と野沢さんも加堂さんに招待されたのですが、それは去年と一昨年《おととし》の二度、このパーティーで死亡事故が発生しているもので、警備に当たってくれるように、という意味だったようです。しかし、あまり役には立たなかった結果になりましたが」

「なるほど、しかし、あなたは警備員でもないし、どうして依頼されたのでしょうか?」

「それは、たぶん、僕がアルバイトに私立探偵みたいなことをやっているのを、誰かからお聞きになったからだと思いますが。……なんなら、ここに招待状がありますので、ご覧になってみてください」

人の手から人の手へと、招待状が刑事課長の手元に渡った時、慌ただしい足音とともに広野が戻って来た。

「立花さんが……かおるさんが……死んでいる……」

広野の顔面は紙のように白かった。

第五章　小説は事実より奇なり

1

広野サトシが「立花かおるさんが死んでいる」と叫んだときには、瞬間、その周辺の空気そのものが死んだように、冷たい静寂が流れた。

しかし、直後、その静寂を破るように二人の人間が反応を示した。

その一人は浅見光彦である。

「えっ？　立花さんが自殺した？……」

浅見は思わず言葉が洩《も》れてしまったように呟いたのだが、聞きようによっては、まるで自殺するのを待ってでもいたかのような口調でもあった。

もう一人のほうの反応はもっとドラスティックであった。芳賀幹子が、十数人の立像の底に沈み込むように、スーッと倒れ伏したのである。

野沢光子がしゃがんで、助け起こしたが、幹子の顔面は蒼白で、意識はなかった。

「どうした？」

谷川が叫んだ。もしかして、また一人、犠牲者が出たのかと思ったらしい。

「気を失っただけみたいです。誰か水を取ってください」

神保がテーブルの上のグラスを取った。アクションタレントだけあって、そういう動作は機敏だ。

幹子はすぐに意識を回復した。回復はしたものの、ショックは消えない。まるで夢遊病者のように、光子の胸に身をゆだねたまま、うつろな瞳を天井に向けている。

「立花さんが死んでいるという場所はどこなんです？　案内をしてください」

ようやく自分の出番がきたとばかりに、藤沢刑事課長が苛立《いらだ》った声で広野に言った。

広野の先導で、男性客の三人――谷川秀夫、神保照夫、浅見光彦――と警察官がいっせいに、従業員専用のベッドルームへ急いだ。女性客はそのままダイニングルームに待機することになった。

「あ、あんた方は中に入らないで！」

部屋の戸口のところで、藤沢刑事課長が怒鳴った。

しかし、それほど大きな部屋ではないから、戸口のところからでも充分、室内の様子は見て取れる。

立花かおるはベッドの上に仰臥《ぎょうが》した状態で死んでいた。苦悶《くもん》の表情を浮かべ、唇の端からは涎《よだれ》のようなものが流れている。

いわば素人《しろうと》同然の浅見にも、かおるの死因は薬物、それもおそらくは青酸化合物による中毒死であることは分かった。

ベッドの左端に投げ出されるように垂《た》れた手の下の床には、グラスが落ちて、液体が流れた形跡がある。液体そのものはカーペットが吸い取ってしまったが、毒物が混入したものであれば、その採取は容易にできそうだ。

刑事たちが実況検分に取り掛かった。

「目覚めの一杯を飲もうとしたのでしょうかねえ。だが、そのグラスに毒を入れたやつがいるわけだ……」

谷川が痛ましそうに言った。

「つらい人生を送ったあげく、こんな死に方をするなんて、気の毒な話ですよ」

恐怖のためにか、それとも憤《いきどお》りのためにか、語尾が震えた。

「しかし、何者ですかねえ、彼女を殺した犯人は？」

神保照夫がいちばん後ろから言った。

「そういうことは、これからわれわれの手で捜査します」

藤沢刑事課長がジロリと神保に視線を送って、重々しく言った。

「あなた方は捜査の邪魔になりますから、またさっきのダイニングルームへ戻っていてくれませんか」

全員が無言で刑事課長の指示に従った。誰もがやりきれない気持ちで、ものを言う気にもなれないでいる。

女性たちは四人の男たちの憂鬱《ゆううつ》な表情を見ただけで、何もかも分かってしまったのか、立花かおるの運命を確かめようとする者はなかった。

「あ、夜が明けてきたわ」

谷川令奈が思いがけない、可愛い声で言った。

分厚いカーテンの隙間にチラッと見える、純白のレースのカーテンが、夜明けの色に染まっている。

広野が恋人の言葉を証明するように立って行って、カーテンをいっぱいに開けた。

爽やかな光線が射し込んで、それまではわがもの顔に室内を照らしていたシャンデリアの輝きが、急に色褪《あ》せたものになった。

「もう惨劇は終わったのね」

白井美保子が、老婆のようにしわがれた声で言った。たった一晩で十歳も老け《ふ》込んだような声だった。

誰もがほとんど眠っていないことを思い出して、てんでに欠伸《あくび》をした。長い、徹夜の撮影が終わったような気分であった。

「なんだか、昨夜のことはみんな嘘だったみたい」

野沢光子がしみじみと言った。参加メンバーがメンバーだけに、そういう表現には実感が伴う。

「ほんとだなあ、赤塚君なんか、いまにもそのドアから飛び出して来そうな気がする」

谷川が言って、皆がその、階段に向かうドアに視線を送った。

とたんに、そこから藤沢刑事課長が現われたから、令奈が「きゃっ」と叫んで、思わず広野の肩にしがみついた。

「立花かおるさんは毒殺されたものと考えられます」

藤沢は下唇を突き出すようにして言った。

「どうしてですか？」

藤沢の声と正反対の、軽い調子の声が上がった。

全員の視線が、いっせいに声の主に集中した。むろん藤沢もそこを睨みつけた。

「ン？　あんたはたしか、ええと……」

「浅見です」

浅見は立ち上がって答えた。

「ああ、浅見さんでしたな。いま、何と言ったんです？」

「ですから、どうして毒殺されたと断定したのか、その理由をお訊きしたのです」

「そんなことは長年警察官をやっていれば分かることです」

「具体的に言うと、どういうことでしょうか？」

「つまり……」

言いかけて、刑事課長は煩《うるさ》そうに首を横に振った。餅《もち》は餅屋、捜査は警察にまかせておけとでも言いたそうな顔である。

「どっちにしてもまもなく鑑識が来て毒物の種類も特定しますよ」

「あ、そうじゃなくてですね」

浅見は発言を求める学生のように手を挙《あ》げて言った。

「僕がお訊きしているのは、どうして殺されたと断定したのか、ということなのです。事故だとか、自殺の疑いはないのですか？」

「いや……」

藤沢は言葉に詰まった。

「毒殺と言ったのは言葉のアヤみたいなものでしてね、そりゃ、あんたの言うとおり、自殺かもしれんし……」

「あ、そうでしたか、それで安心しました」

浅見はほっとしたように腰を下ろした。

「あんた、人が死んだというのに、安心はないでしょうが」

藤沢は嫌味《いやみ》を言った。

「あ、そうですね、少し不謹慎でした。訂正します、納得できた、の間違いでした」

「納得？　何を納得したんです？」

「いや、もし立花さんが殺されたのだとすると、今夜の事件はすべて、さっぱり分からないことになってしまうからです」

「妙なことを言いますなあ。そういえば、あんた、さっきも立花さんが死んだと言ったときに『自殺したのか』とか、そんなようなことを言ったのでしたな？」

「ええ、言いました」

「ふーん……それじゃまるで、立花さんが自殺したのだとすると、事件のすべてが分かってしまう、とでも言いたそうに聞こえるじゃないですか」

「そう聞こえましたか？　だったらいいのです、そういうつもりで言ったのですから」

「ばかばかしい……」

藤沢は聞こえないように呟いたつもりだが、その言葉は全員に聞こえた。

「浅見さん、立花さんが殺されたのではないとすると、いったいどういうことになるのですか?」

谷川が真剣な表情で訊いた。

「たしか、浅見さんもわれわれと同様に、ほんのさっきまでは事件の真相など、まったく分からないようなことを言っていたと思いましたが」

「ええ、刑事さんたちが来た時点までは、ほんとうのところ、どういう事件なのか、説明がつかなかったのです。しかし、立花さんが亡くなった……それも自殺だったとなると、僕の疑問はすべて氷解するはずなのです」

「氷解……というと、殺人犯人は誰かも分かるということですか?」

「ええ、そうです」

「しかし……」

谷川は息を呑んだ。

「浅見さん、これは重大な発言ですよ。ここには刑事課長さんもいるし、滅多《めった》なことを言うべき場合ではありませんぞ」

青年の軽挙妄動《けいきょもうどう》を窘《たしな》めるように言った。

「ええ、それは承知しています。しかし、課長さんは僕の言うことなど、頭から信用するはずがありませんから、あまり気になさらなくてもいいのですよ」

浅見は明るく言って、藤沢に向けて「そうですよね?」と同意を求めた。

「ん? いや、まあ、それは警察としては民間の人の意見に耳を傾けることに吝《やぶさ》かではありませんが、しかし、鑑識やら司法解剖を行なってですね、あらゆるデータを揃えないことには、何とも結論の出しようがないわけでして」

「そうですよね、データは必要です。たとえ僕の推理が正しいとしても、データの裏付けがなければ絵に描《か》いたモチのようなものですからね。警察が証拠を収集してくれるまでは、谷川さんのおっしゃるとおり、滅多なことを言わないでおきましょう」

浅見はそう言って、その言葉どおり、それ以後は沈黙を守った。

2

それからものの一時間を経過したかしないかのうちに、加堂孝次郎の別荘は大混乱の渦中にあった。

別荘の敷地を取り囲むように、無数ともいえるほどの報道関係者が詰めかけ、取材用のヘリコプターが数機、ひっきりなしに騒音を響かせて飛び回っている。

警察の動員数もすさまじいものがあった。鑑識係だけでも百人近くいるのではないだろうか。神奈川県警管内の鑑識課員が総出でやって来たような印象だ。

もちろん刑事や制服の警察官の数はそれをさらに上回る。

午前八時には神奈川県警の本部長である松岡《まつおか》警視監までが、陣頭指揮のために到着するという、異例ずくめの大捜査陣になった。

これが推理小説だと、密室ふうの別荘で起きた殺人事件として、名探偵が関係者一同を集め、得々として事件の謎を解き明かす——ということになるのだが、現実の捜査はかくのごとく、いつも索漠《さくばく》、もしくは殺伐《さつばつ》とした状況下で行なわれるものである。

しかし、警察がやって来たおかげで、切れていた電話回線が回復した。電話は三本入っていたので、タレントたちがプロダクションと連絡を取ったり、家族に状況を伝えたりという作業も、思いのほかスピーディーに片づいた。

もっとも、外部との交信には、すべて警察官が立ち会い、監視の目を光らせている。

浅見はタレント連中がひとわたり連絡を完了したあと、警察庁に電話して、兄に状況を報告した。もちろん、警察庁刑事局長である兄の陽一郎のもとにはすでに事件に関する報告は入っていたが、よもや、その大事件の真っ只中に自分の弟が巻き込まれているとは思っているはずがない。

「いったいどういうことなんだ？」

国会の法務委員会などで、しょっちゅう野党委員に脅《おど》かされつづけているせいか、日頃は大抵のことには動じない兄だが、今度ばかりはさすがに驚いたらしい。

「詳しいことはいずれお話ししますが、いまはそれどころでなく、緊急を要することがあるのです。科学警察研究所のスタッフを紹介していただけませんか」

「科警研のスタッフに何を訊くんだい？」

「河豚毒についてです」

「分かった。それじゃ、私が電話して頼んでおくから、いま言う番号にかけなさい」

陽一郎は科警研のスタッフの直通電話番号を教えてくれた。

「ありがとうございます、やはり頼りになるのは兄さんだけです」

「何をつまらないことを言っているんだ。それより、おふくろさんにバレないようにしろよ。もちろん私も内緒にしておくからな」

「分かってます、お願いします」

しばらく待って、浅見はその番号に電話した。相手はさすがに薬物の専門家だけあって詳しい。浅見にとって最後まで残っていた疑問が解決した。

ダイニングルームに閉じ込められた客たちは、思い思いに居眠りを始めた。中には寝室に引っ込んで、睡眠をとる者もいたが、その場合にはベッドの脇に警察官が立ち番して、逃亡や証拠湮滅《いんめつ》の恐れがないように見張っているという、神経の使いようだ。

要するに、招待客全員が容疑の対象にされているというのが現実の姿なのである。その連中を罐詰《かんづめ》状態にしたまま、警察の作業は綿密《めんみつ》に進行しつつあった。

こういう騒ぎになると、箱根署などというちっぽけな所轄の刑事課長である藤沢警部なんかは、隅《すみ》っこのほうで小さくなっているしかない。

何しろ神奈川県警始まって以来――というより、日本中を震撼《しんかん》させるほどの大事件なのである。

いまをときめく有名俳優、人気タレント、アイドル歌手が、オーバーでなく、死屍累々《ししるいるい》という有様《ありさま》で殺されたのだ。あまりのばかばかしさに、第一報を聞いたマスコミ関係者が、またドッキリカメラの類《たぐい》かと、なかなかまともに信じようとしなかったというのも無理のない話だ。

しかし、事件は現実に起こったのだ。その犠牲者はつぎのとおりである。

永井　智宏　　死亡
堀内　由紀　　死亡
赤塚　三男　　死亡
加堂　孝次郎　死亡
片岡　清太郎　死亡
立花　かおる　死亡
中原　清　　　重症

このニュースは朝のテレビ放送で流され、全国民が注目する中での捜査になった。

犠牲者も犠牲者だが、残された生存者の顔触れも浅見や光子、それに芳賀幹子を除けば、これまた錚々《そうそう》たるメンバーといわなければならない。

ひょっとすると、その中の誰かが恐るべき殺人鬼かもしれないのだから、これ以上センセーショナルな出来事といえば、米ソの核戦争でも始まらないかぎり、ありそうにない。

実際、各テレビ局の視聴率を総合した結果、瞬間的には一〇〇パーセントを超《こ》えたというのだからものすごい。つまり、一家で複数のテレビがそれぞれ違うテレビ局の報道を受信していたということになる。

この大騒ぎの中心にある加堂邸のダイニングルームは、かすかないびきが聞こえるほどに、静寂そのものであった。

だが、その静寂もついに破られることになった。

午前十一時、「客」を全員、ダイニングルームに集結させて、神奈川県警きってのキレ者と称される、捜査一課の長洲《ながす》警視が事情聴取を開始したのである。

さっきまでは藤沢刑事課長が坐っていた中央の椅子に長洲警視が坐り、背後には県警からやって来た猛者《もさ》連中が、威圧するように居並ぶ。藤沢はその中の一人として、いまにも埋没しそうだ。

長洲警視の手元には、すでにこれまでに収集された各種データが揃っている。それを見ながら訊問《じんもん》を進めた。

まず、時系列的に事件の概要をまとめ上げた。

そもそも、このパーティーがいかなる由来によって開催されたか——から始まって、加堂邸に三々五々《さんさんごご》、集まってきた客たちの素性、到着時刻、行動等々、事件発生にいたる過程が確認された。

長洲警視の訊問はさすがに手慣《てな》れたものである。一流のタレントたちを相手にしているだけに、慇懃《いんぎん》な物腰ではあるけれど、核心を衝《つ》く質問をビシビシと決めた。

質問のほとんどは、事件発生時における各人の位置関係を確認することに費やされた。事件の中でもっとも状況がはっきりしているのは、最初の犠牲者である永井智宏のケースだ。

永井は文字どおり衆人環視の中で毒物を飲み、または食い、死亡した。

「その場合、そこに居合わせた全員に、毒物投与のチャンスがあったと考えていいのですね?」

長洲は確認した。

「いや、それは語弊《ごへい》があります」

谷川が反論した。

「そこに居合わせなくても、食物や飲み物の中に毒物を混入することは、たとえば片岡夫妻でも加堂さんでも可能なことです」

「なるほど……ただし、その場合の犠牲者は、必ずしも永井さんになるかどうかは、きわめて不確かなものになるでしょうね」

「それはまあ、たしかにそのとおりですが」

谷川はその時点の状況を思い出すように、視線を宙にさ迷わせた。

第一の犠牲者、永井智宏が死んだのは、彼が妻の三島京子とともに寝室に引き上げた直後である。

その前、テーブルについているときに、すでに永井は様子がおかしかった。しきりに頭を振っていたし、気分が悪いことを言っていたような気もする。

「永井さんは河豚毒にやられたとか、そういう話も聞きましたが？」

長洲警視は谷川に訊いた。

「そう言ったのは谷川さん、あなただったのですね？」

「ええ、私ですが、しかし、断定的なことを言ったわけではありません。以前、それとよく似た症状を見たことがあると言っただけです」

「そして、救急車を呼ぼうとしたところが、電話が通じなかった……のでしたね？」

「そうです。その理由はあとで、加堂さんの仕掛けた装置のせいであることが分かりましたけれど」

「それと、奇妙な歌ですか。『誰かが誰かを殺してる』とかいう」

「そうです、それも加堂さんの悪ふざけといっていいようなものでした」

谷川ばかりでなく、生き残った連中はすべて、そのときの情景を思い出して、不愉快そうに顔をしかめた。

「しかも、車まで消えていたんですよね」

神保が怒りを露《あらわ》にして言った。

「そう、運転手もろともね」

三島京子も言った。いま、夫の永井の事件が話題になっているというのに、すでに彼女の目には涙の痕跡《こんせき》すら見られない。これだけ大量殺人が行なわれたとなると、悲しみも中和されてしまうというのだろうか。

「その車ですが」と、ひさびさに藤沢刑事課長が発言した。

「先程、連絡がありまして、皆さんのものらしい車が湖尻の駐車場にあるのが発見されたそうです」

ほっとした空気が流れた。

「じゃあ、僕のソアラもあったのですね?」

浅見は思わず叫んだ。あとまだ二年と八ヵ月もローンが残っている愛車だから無理もないが、そう言った瞬間、全員の冷たい視線が、ジロリと注《そそ》がれ、野沢光子は自分のことのように真っ赤になった。

「それから、運転手つきの車についてですが」

藤沢課長が言葉を繋《つな》いだ。

「昨夜、加堂さんが門番の老人を通じて、それぞれの運転手さんに、箱根小涌園《こわきえん》ホテルに宿を取ってあるので、そちらのほうで待機していてくれるよう、指示したのだそうです」

「なんということを……」

谷川をはじめ、浅見を除く全員が呆《あき》れ返って物を言う気にもなれない様子だ。

3

「ところで」と、長洲警視はふたたび話を本筋に戻した。

「電話も車もだめで、その上に外へ出た赤塚三男さんがエアライフルで狙われたのでしたね?」

「ええ、そうでした」

谷川が沈痛な面持《おもも》ちで答えた。その赤塚もすでにこの世にはいない。

「しかも、片岡さんの奥さん……ええと、立花かおるさんでしたか、彼女までが睡眠薬を飲まされて意識不明というわけでしたね」

「そうです」

「そして、主催者である加堂孝次郎氏の部屋に押し掛けたが、加堂氏の応答はなかったということですが」

「そうです。室内にいることは分かったのですが、まったく無視されました」

谷川の冷静な表情に、怒りの色が差した。

「そしてその次の事件が発生した……犠牲者は堀内由紀さんでしたね」

長洲警視はメモを見て言った。

「堀内由紀さんといえば、つい最近、神保照夫さんと豪華な結婚式を挙げて、テレビで放送されたばかりだというのに、なんともお気の毒なことです」

神保に向けて頭を下げた。

「はあ、ありがとうございます」

神保もそれに応《こた》えてお辞儀をした。せっかく停《と》まっていた涙が、また溢《あふ》れ出た。

「お気の毒なのは、何も由紀さんばかりじゃないでしょう」

三島京子がヒステリックに叫んだ。

「うちの主人だって、中原さんのとこだって、同じなんですからね。いくらアイドルだったからって、警察までが差別することはないと思いますけど」

「あ、これは失礼しました。そういう意味で言ったのではありませんが、誤解を受けたとしたらお詫び申し上げます」

長洲は苦笑しながら深々と頭を下げた。

「由紀さんが亡くなったのは、十二時過ぎということですが……これは浅見さんの証言でしたか?」

「そうです、僕が言いました」

浅見が答えた。

「神保さんが壁を叩いて急を知らせた時、僕は反射的に時計を見たのです。十二時二十分でした」

「発見者である神保さんの話によると、目が覚めてふと気がつくと、その時にはすでに由紀さんは亡くなっていたのでしたね?」

「はい、そうです」

神保は洟水《はなみず》をすすりながら言った。

「お二人がお休みになったのは、それより一時間ほど前でしたか?」

「はい」

「神保さんが先に眠ってしまって、由紀さんは眠れないでいたということは考えられますか?」

「ええ、あると思います……あの、僕は疲れて、それで、すぐに眠ってしまいましたので、あとのことは分からないのですが……」

「あ、なるほど、お二人はお休み前に性交渉があったのでしたね」

長洲は即物的な言い方をした。

「そうして、そのあと、由紀さんは薬を服用した形跡がある……そういうことでしたね、浅見さん」

「そうです、その薬はビンごと藤沢さんのほうにお渡ししておきました」

藤沢がビニール袋に入った証拠物としての薬ビンを、長洲警視の前に置いた。

「見たところ、ごくふつうの錠剤のようですが、胃の薬ですか……空腹時に三錠服用とありますね。これはいつも飲んでいた薬なのですね？」

「ええ、そうです。由紀は芸能界をやめてから胃を悪くして、いつも寝る前なんかに、それを飲んでいました」

「どうでしょうな、この錠剤の中に、毒物の入った薬を紛《まぎ》れ込ませておくことは可能でしょうかね？」

長洲は背後にいるブレーンらしい捜査官に訊いた。

「はあ、たぶん可能だと思います。たとえば錠剤を二つに切って、その中をくりぬいて、ごく微量の毒物を入れ、あとで貼り合わせておこうと思えば、できないことはないと思います。服用する際には、あまり子細《しさい》に検討してから飲むわけではないでしょうから」

「そうすると、そうやって毒物を入れることのできる人物が怪しいということになりますな」

長洲はべつに名指ししたわけではないが、全員の目が期せずして神保に集中した。

「冗談じゃないすよ！」

神保は口を尖《とが》らせ、育ちの悪さを剝《む》き出しにして叫んだ。

「おれ、そんな、由紀を殺すなんて、そんなこと、おれ、できっこないすよ」

気取りも何も捨てて、必死に疑惑を払いのけようと、両手を周囲に振り回した。

「何もあなたがそうだと言ったわけじゃないのですがねえ」

長洲は冷たい笑いを浮かべた顔で言った。

「そう言ったって、おれ以外、そういうことのできる者はいないっていう……だけど、絶対、おれじゃないんだから」

神保はガタガタ震えはじめた。

「それは神保さんの言うとおりだと思いますよ」

浅見が救いの手を差し延べた。

「神保さんには動機がありません。とことん由紀さんを愛していましたからね。ずいぶん尻に敷かれていたようですが、だからといって、そのために腹を立て、発作的に殺意が生じたというのなら、そんな薬の細工をするひまはないわけだし、第一、もっとも疑われる立場になるような殺人をするはずがありませんからね」

「そうです、そうですよ、浅見さんの言うとおりですよ」

神保はようやく生きた心地《ここち》を取り戻したように、浅見に感謝の視線を送った。

「しかし、だとするとですよ、いったい浅見さんは誰が薬にそのような細工をすることができると想定されますか？　誰もいないのではありませんか？」

「そんなことはないと思います。たとえば神保さん以外にも、由紀さんに接近できる人物は大勢いるわけですし、薬の細工だってできないわけではないでしょう」

「ほう、そうですか、なるほどねえ。神保さん、浅見さんはああ言ってますが、いかがです？　そういう人物について、誰か心当たりはありますか？」

「いえ、ありません、由紀とおれ……僕は二人暮らしだし、お手伝いもいないし、ときたま由紀の母親が面倒見に来てくれるぐらいですから……まさか母親がそんなことするとは思えないし」

神保は自分が不利な状況になることなど気づかないで、正直に答えている。

「そういうことのようですが、浅見さんには反論はありますか？」

長洲はまるで論戦を楽しむような言い方をした。

「ええ、あります」

浅見も楽しそうに応じた。

「ほう、それはどういう？……」

「いえ、いまはまだお話しする段階ではありません。もう少しあとで、すべての事件についてデータが出揃った状態でお話ししたいと考えています」

「ふーん……」

長洲警視はいよいよ興味深そうに浅見を眺めた。いったいこの男は何者？——という気持ちがありありと読み取れた。

4

「そして、その次には中原さんがやられたのでしたね？」

長洲は調書を一枚めくって、言った。

「ええと、中原さんというのは……ああ、あの清さんですか。うちの息子がファンでしてね、勉強もそっちのけでテレビにかじりついているのには困ったものです、まったく……」

余計なことを言いかけて、咳払《せきばら》いで誤魔化《ごまか》した。

「中原さんの場合も河豚毒にやられたような症状だったのでしたか?」

「ええ、それも、さっき言ったとおり、私の想像でしかありませんが」

谷川が慎重な言い方をした。

「しかし、中原さんの場合は幸いにも、なんとか一命は取りとめる様子なのですね。ほんとうによかったですねえ」

長洲は嬉しそうに言った。息子のために喜んでいるのかもしれない。

「河豚の毒だとすると、やはり永井さんのケース同様、誰にも毒物投与のチャンスがあったことになるわけですな」

その点が残念——と言いたげだ。

「そして、この時は芳賀幹子さんが医者を呼びに行こうと外に飛び出して、それを止めに行った片岡さんとともに、またしてもエアライフルで狙撃されるという事件があったのだそうですね」

「そうです」と谷川が頷いた。

「ここだけの話ですが、いま中原さんを介抱《かいほう》している幸枝さんより、ここにおられる芳賀さんのほうが、どうやら中原さんへの愛は強いらしいのですね。あの時も、幸枝さんはそれほどでもなかったのですが、芳賀さんはそれこそ狂気のようになって、外へ飛び出して行ったのです。ほんとうに無事に戻れて幸運でした」

「なるほど、なるほど……」

長洲警視は、若くて健気《けなげ》な芳賀幹子に同情的な視線を送った。

「さて、その次は赤塚三男さんの番ですか。調書によると、赤塚さんはその騒ぎの直後、自分の部屋で亡くなったということでしたが、発見者は広野さんでしたね？」

「ええ、僕です」

広野サトシは憂鬱そうに答えた。

「死因はどうやら青酸化合物によるものらしいのですが、彼の飲み物に毒物を入れることができた人物となると、かなり限定されるのではありませんか？」

長洲は誰にというのではなく、全員に向けて質問した。

「そうなのです」

谷川が皆を代表するかたちで言った。

「あの時のことを詳しく再現しますと、永井さんが亡くなったあと、われわれ全員は、ダイニングルームにいたのです。そして、いっせいに各自の部屋に引き上げました。たしかその時、浅見さんが最後まで廊下に残って、全員が部屋に入るのを見届けていたのでしたね？」

「ええ、僕は皆さんが部屋に入るのを確認しています」

　浅見は頷いた。

「もっとも、そのあとで部屋を出た人があったかどうかまでは知りませんがね」

「ともかく全員が部屋に入って、例の、堀内由紀さんの騒ぎが起こるまではそういう状態だったと思います」

　谷川は言った。

「それからまたいろいろ騒動があって、今度は全員が揃ってダイニングルームに下りたのです。その時も、まずいっせいに動いていたと言っていいでしょう。ただし中原さんは眠ったような状態でした。実際にはその時点でおそらく河豚の毒にやられていたのでしょう。それを発見したのは幸枝夫人と広野さんでしたが、発見してすぐ、全員が中原さんの部屋に集まりました。それから芳賀さんと片岡さんが外へ飛び出したりという騒ぎがあったけれど、その間、赤塚君の部屋に侵入して毒物を入れるチャンスがある人物は、誰もいなかったはずなのです……いや、ただ一人を除けば、と言うべきですがね」

　そう言った時、谷川は憎悪に満ちた顔になった。

「なるほど、それはつまり、ずっと二階の自室にいた加堂孝次郎氏だと、そういうわけなのですね?」

長洲警視が言った。

「そうです、加堂氏以外にはあり得ません。そこでわれわれは……つまり、私と広野君と神保君、それに浅見さんと野沢光子さんが加堂さんの部屋に行き、ドアをノックしました。しかし応答はない。そうこうするうちに、いきなり銃声がしたのです」

その瞬間を思い出して、谷川は肩をすくめるようにして、身を震わせた。

「銃声を聞いて、生き残った人たちは全員が集まって来ました。そして片岡さんに鍵を持って来てもらい、ドアを開けたのです」

谷川はそれ以上は話す気になれないといった顔で、黙ってしまった。

「部屋に入ったところ、加堂さんは拳銃自殺を遂《と》げていた……と、そういうわけですか」

長洲が谷川の代わりに言った。

「というわけで、要するに、昨夜の連続殺人は、すべて加堂氏の犯行だと、谷川さんはそう結論づけたいわけですか?」

「分かりません」

谷川は呟くと力なく首を振った。

「加堂さんの犯行だと思いますが、はたしてすべての事件が加堂さん一人で可能であったものかどうか、論理的に考えたわけではないですから、私にはとても分かりかねます。少なくとも、車を運び去ったり、エアライフルを撃《う》ったりした共犯者が何人かいたことは確かでしょうけれど……」

「なるほどねえ、加堂さんが主犯で、共犯者が何人かいる……それが妥当な考え方なのでしょうねえ」

長洲は一応は感心してみせたが、すぐに口調を変えて言った。

「そうだとして、いったい動機は何だったのでしょうか？　加堂さんがこんな、ほとんど狂気としか言いようのない連続殺人を行なった動機は何なのでしょう？　それが説明できる人はどなたかいませんかねえ？」

長洲警視の皮肉な目が、テーブルを一巡して、浅見光彦のところで停まった。

5

浅見は腕組みをしてテーブルの上に視線を落としながら、谷川と長洲のやりとりを聞いていたが、長洲の視線を感じたとたん、思わずニッコリと笑ってしまった。

浅見は長洲警視という人物に好感を抱いていた。長洲は自分とほぼ同質のタイプの人間だと思った。眼鏡をかけ、細長い顔をして、ひょうひょうとしたところがあるけれど、本質はなかなか俊敏《しゅんびん》な、油断のならない男であることを感じていた。これで、官僚でさえなければ、いますぐにでも親しく付き合いたい相手であった。

「加堂さんには殺人の動機はありませんよ」

浅見は笑顔のまま、言った。

「加堂さんにあったのは、人を人とも思わぬ傲慢《ごうまん》さと、度の過ぎたいたずら心だけだったのです」

長洲を除く全員がどよめきの声を発した。

「浅見さん、それ、本気で言っているのですか?」

谷川が非難するように言った。

「もし浅見さんの言うとおりだとしたら、加堂さんは面白半分《おもしろはんぶん》で人殺しをやってのけたということになるじゃないですか」

「いえ、僕はそうは言っていません」

「しかし、同じことでしょう」

「違いますよ谷川さん。つまり、僕は、加堂孝次郎氏は、殺人を犯していないと言っているのですよ」

「なんですって？……」

谷川はいよいよ呆れたと言わんばかりに、大きく口を開けた。

「加堂さんが殺人を犯していないだなんて、それじゃ浅見さん、いったい誰が殺人者なんです？　誰が連続殺人の犯人なんです？」

「まあまあ……」

長洲警視が谷川を宥《なだ》めた。

「浅見さんがそう断定するからには、それなりの確信があるからでしょう。じつはですね、私も浅見さんの言動には注目しているのですよ。なぜかというと、浅見さんは、最後の犠牲者である立花かおるさんの死に際して、面白いことを口走ったそうですからね。な、藤沢君、そうだったね」

「はい、そうです」

藤沢警部は緊張して答えた。

「で、何て言ったのか、きみの口から言ってくれないか」

「はい、申し上げます。浅見さんは、広野さんが立花かおるさんが死んでいることを報告した時、『えっ？　立花さんが自殺したのですか？』と言ったのであります」

「そう、そうでしたな」

長洲警視は満足そうに何度も頷いた。

「ところで広野さん、あなたは立花さんの死を報告する際に、『自殺』という言葉を使いましたか?」

「いえ、僕はただ、立花さんが死んでいると、ただその事実を言っただけでした」

広野はいくぶん不安そうに答えた。

「ところが、浅見さんは『自殺』という表現をしているのですな。それはいったいなぜなのか、私はきわめて関心があるのですよ」

長洲の眼はそれまでとは一変して、鷹《たか》のように鋭い光を帯びた。いや、まさに獲物に食らいつく獰猛《どうもう》なけものの眼だ。

浅見は嬉しくなった。こうこなくっちゃ面白くない——という想いが湧いてくる。

「浅見さん、あなたはたしか私立探偵として加堂さんに招かれたということでしたね?」

長洲が訊いた。

「ええ、そういうことですね」

「つまり、一昨年《おととし》と去年、この別荘で死亡事故が起きているので、いわば警備を頼まれたと、そういうわけでしょう?」

「そうです」

「ところが、警備どころか、殺人事件が連続して発生している。しかも、依頼主である加堂さんまでが非業《ひごう》の最期《さいご》を遂げてしまったのですよね」

「はあ」

「これはどういうことでしょうか？　いや、つまりですね、あなたが来たために、犯罪が防げたどころか、連続殺人という忌まわしい結果を招いた……しかも加堂さん一人の犯行ではなくて、何者か、共犯者がいるとなるとですね、これはいやでも、あなたの存在に無関心ではいられないということですよ」

「おやおや……」

浅見は思わず呆れて、声を立てて笑ってしまった。長洲警視は鋭いことは鋭いが、まるで方角ちがいの推理をしているのがおかしくて仕方がなかった。

「それじゃ、まるで僕が共犯者みたいじゃありませんか」

「そうとは言ってませんがね」

さすがに長洲も苦笑した。

「しかし、あなたも有資格者の一人であることには違いはありませんからね。たとえばいま言った、立花かおるさんの死について、即刻、自殺と決めつけた理由など、ぜひとも明快な説明をしていただきたいものですな」

長洲は真剣を突きつけるように、浅見を睨みつけながら言った。

「分かりました、それでは僕の説明を聞いていただきましょう」

浅見は真顔《まがお》になって話し出した。

「じつを言いますとね、立花さんが亡くなるまでは、僕は一連の殺人事件の真相が、どうしても摑みきれなかったのです。だから、藤沢さんたちが来て、犯人の心当たりは、と僕たちに訊いた時も、分かりませんという以外、何とも答えようがなかったのです。ただし、僕なりに仮説は持っていました。ところが、その仮説というのは、立花さんが自殺することが一種の必要条件になっていたのです。だから、立花さんが亡くなったと聞いた瞬間、思わず『自殺?』と確かめてしまったというわけです」

浅見の簡単な説明が終わったが、誰ものを言う者はなかった。長洲警視でさえ、浅見の言ったことの意味を理解しかねて、しばらくは沈黙したままであった。

6

「どうもよく分かりませんねえ、浅見さん」

長洲警視は表情をほとんど変えずに、柔らかい口調で言った。しかし、内心ではこの小《こ》生意気《なまいき》な青年がしたり顔で喋《しゃべ》るのに、相当な抵抗を感じている。

「あなたの言い方だと、立花かおるさんの自殺が、まるで事件全体の骨格を決定するとでもいうように聞こえますが?」

「いえ、聞こえたのではなくて、僕はたしかにそう言ったのです」

「それじゃなんですか、浅見さんは昨夜の事件の全貌をすっかり解明してしまったとでも言うのですか?」

「はあ、すっかりとは言いませんが、だいたいのストーリーは推論できると思います。あとは警察の皆さんが裏付けをしてくだされぱいいわけでして」

「ははあ、なるほど、つまりわれわれ警察のやることは、せいぜい後始末程度のことだと、そう言いたいわけですな」

長洲は皮肉と不快感を露骨に示した。部下が大勢見ている手前もある。いつまでももの分かりのいい顔ばかりはしていられない。かといって、浅見がどういう考えを持っているのかに興味がないわけではない。

(それに、これだけ複雑な事件の真相を知っているなどと言えるのは、犯人自身しかいないのではないか——)

そういう思惑《おもわく》もあった。

「そこまで分かっているということなら、ひとつわれわれに浅見さんの推理なるものを聞かせていただこうじゃないですか」

長洲は意地悪な姑《しゅうと》のような口調で言った。

「分かりました。それじゃ、かいつまんでご説明しましょう」

浅見は長洲警視の複雑な心境などまったく無視して、舌舐《したな》めずりをしてから喋りはじめた。

「この事件は、そもそも起こるべくして起きたものと、偶発的に起きたものとがあることを、最初に心に留めておいていただきたいのです」

浅見はそう言って、長洲とその周辺にいる捜査官たちをひとわたり見回した。

誰も反応を示さない。この世の中に、素人《しろうと》探偵に好意的な警察官など、ただの一人だっていやしないのだ。

「昨夜のパーティーは、加堂孝次郎さんにとっては、きわめて楽しい、趣向を凝《こ》らしたものになるはずでした。加堂さんはそのために、招待するお客の人選から、舞台の道具立てにいたるまで、吟味《ぎんみ》を尽くし、お客さんをあっと言わせる心づもりだったことでしょう。たとえば、片岡清太郎、立花かおるご夫婦を接待係として雇い入れたのも、その趣向の一つでした」

「ちょっと待ってください」

　長洲が浅見を制した。

「片岡さん夫妻を雇った理由は何ですか？」

「理由はいくつかあると思いますが、その最たるものは、なんといっても、傲慢な自己満足を得るためでしょうね。かつて自分を袖《そで》にした立花かおるさんとご亭主の片岡さんに、自分の豪勢なパーティーの接待係をさせるなんて、加堂さんにしてみれば、これ以上はない楽しみ方だったにちがいありませんよ」

「えっ？　すると、加堂さんと立花さんのあいだには、昔、そういうロマンスがあったのですか？」

「そうらしいですね。そのことは僕より谷川さんのほうが詳しいですよ」

「そのとおりです」

　谷川が苦《にが》い顔をして言った。

「もう三十年も昔の話になりますが、浅見さんの言うとおり、加堂さんは立花さんを自分のものにしようとしたのですが、立花さんは片岡さんの許《もと》に走ったというエピソードがあるのです。それを恨《うら》んだ加堂さんが片岡さんご夫婦を失脚させたという噂もあったほどです」

「立花さんにふられたのは、何も加堂さんだけじゃなかったそうですよ」

三島京子が突然、辛辣《しんらつ》な口調で言った。

「谷川さんもその一人で、しようがなくて白井美保子さんに鞍換《くらが》えしたっていう話ですものね」

「そういうことは……」

谷川は一瞬、真っ赤になり、すぐに青くなって、京子のシラッとした横顔を睨んだ。

「あら、私の聞いたところによると」

と白井美保子が言った。

「おたくのご主人、永井智宏さんがふられた男で、いやいやべつの奥さんをお貰いになったということでしたけど」

「いいかげんにしてください!」

神保が怒鳴った。

「おたくたち、いい歳をしてどうしてそんな下らないことで言い争ったりするんです」

この男にしては威勢がいいと誰もが思ったが、最後に「僕の由紀は戻ってこないのですよ」と落涙《らくるい》したので、いっぺんに値打ちが下がった。

しかし、ともあれ、神保の一喝《いっかつ》のおかげで、次元の低い口喧嘩は止んだ。

7

「では浅見さん、その先を続けてくれませんか」

長洲警視が、全員の気分を一新させるように、改まった口調で催促した。

「というわけで、加堂さんは高いギャラを条件に、片岡さん夫妻を雇ったのです」

「そこのところがどうも、片岡さんご夫妻のプライドから言って、納得できないのですよねえ」

浅見の話が再開されたとたん、谷川が首を振り振り言った。

「加堂さんとしてはかつての恋敵《こいがたき》を侮辱するのが愉快だったかもしれないけれど、それは逆の立場からいえば……つまり、片岡さん夫妻の側からいえば、まさに屈辱的な仕打ちであるわけでしょう？　そういう屈辱に甘んじて、あえて加堂氏の言うがままになったというのは、いくら金のためか知りませんが、ちょっと納得しかねますねえ」

「それがそうではないから、話は複雑なのですね」

浅見は反論をすら楽しんでいるかのように、平然と応じた。

「片岡さん夫妻を雇った加堂さんの思惑は、たしかにきわめて傲慢で自己中心的なものだったのですが、これは同時に、片岡さん夫妻にとっても思いがけない幸運であったのです。あ、だからといって、片岡さんたちが、加堂さんが示した高額のギャラに目が眩《くら》んだというわけではないのです。つまり、片岡さん夫妻にしてみれば、加堂さんの誘いは、いわば千載一遇《せんざいいちぐう》のチャンスだったというわけですね」

「千載一遇のチャンス？……とは、いったい何のことです？」

今度は長洲が訊いた。

「そうですね、どういう言い方をすればいいのかなあ……そう、昔ふうに言えば、積年の怨念《おんねん》を晴らすためには……とでも言いましょうか」

「積年の怨念？　というと、やはり、かつて加堂さんに失脚させられたことへの怨《うら》みつらみということですか？」

「そうですね、それもありますが、じつは、片岡さんが加堂さんの招きに応じた理由は、単にそれだけではなかったのだと、僕は思っています」

「うーん……」

長洲は唸《うな》って、眉間に縦皺《たてじわ》を寄せながら、浅見の顔をじっと見つめた。

「いずれにしても」と長洲は言った。

「あなたは、加堂さんを殺したのは片岡夫妻であると言いたいのですか？」

「そう簡単に結論を言わせないでください」

浅見は苦笑した。

「その前にもっと話しておかなければならないことが沢山《たくさん》あるのですから」

「ふーん、そうですか、分かりました。いいでしょう、話してみてください」

「とにかく、加堂さんはおそらく一ヵ月前ぐらいに片岡さん夫妻をこの別荘に招いて、パーティーの準備に取り掛かったはずです」

「え？　それは違うでしょう」

谷川がまた異議を唱《とな》えた。

「片岡さんはつい昨日か一昨日《おととい》あたりに、この別荘に呼ばれたようなことを言っていましたよ。だから何がなんだかさっぱり分からないというような……」

「ええ、そのことは僕も知っています、片岡さんがそう言っていたことはですね。しかし、それは嘘です」

「嘘？……しかし、嘘とは思えませんでしたがねえ。たとえば宴会の準備にしたって、片岡さんが言っていたようなこと……つまり、来てみたら料理なんかすべて用意が整っていて、あとは電子レンジに入れて出せばいいようになっていたとか、そういうことには真実味があったような気がしますが」

「たしかに料理の仕込みやら何やら、一人ではできない部分もあったし、大勢の人間が準備のために雇われていたことは否定しませんよ。しかし、だからといって片岡夫妻が昨日や一昨日、ここに来たという証拠は何もないわけでして」

「かといって、浅見さんが言うように一ヵ月も前に来ていたなんて……」

「それは僕だって確認したわけではありませんから、あとで警察のほうで調べていただくしかないわけですが、ただ、今度のパーティーに招待されたお客さんの顔触れを見ただけで、例年とはまるっきり違うことに気づかれたでしょう?」

「ああ、それはね、それはたしかに変だという感じはしましたよ。しかし、あの加堂さんがやることだから、多少、変わっていても、そんなに意外というわけではないでしょう」

「それはおっしゃるとおりです。加堂さんは趣向《しゅこう》を凝らした演出で、お客に恐怖の一夜を体験させるつもりだったのでしょう。しかし、そうでしょうか? それにしても人数が少なすぎるし、政財界の人が誰も招待されていないというのもおかしな話なのではありませんか?」

「そんなことは加堂さんの勝手でしょう。それとも浅見さんは何かそこに問題でもあると言うのですか?」

「そうです、問題があるのです。つまり、招待状を発送したのが片岡夫妻であったところに問題があったと思うのですよ」

「えっ？　片岡夫妻が？」

「そうですよ、招待客を選んだのは加堂さん自身にちがいないでしょうけれど、郵便局に招待状を出しに行ったのは片岡夫妻だったというわけです。それとも谷川さんは、招待状の発送まで、加堂氏自《みずか》らやったとでもお考えでしたか？」

「まさか、そうは思いませんが……」

「でしょう？　要するにその段階で、片岡夫妻が招待客を誰々にするか、キャスティングボートを握ることができたのです。そうして十二人のお客をセレクトしたのです」

「十二人？　浅見さんと野沢光子さんを入れて十四人でしょう？」

「いえ、僕たちは違います。あの招待状だけは、宛名書きも中の加筆も、明らかに加堂さんの直筆《じきひつ》になっていましたからね。おそらく、加堂さんがどこかへ外出した際にでも、自分の手でポストに入れたのでしょう。なぜそうしたのかは、いまとなっては知るすべもありませんが、あるいは何か不吉な予感があったのか、それとも、単なる思いつきでそうしたのかもしれません。それから……」

浅見は照れくさそうに頭を掻《か》いてから、言った。

「こんなことを僕の口から言うと嫌味に聞こえるかもしれませんが、私立探偵として、このところいささか実力以上にもてはやされるようになってしまった浅見なる人物を呼んで、そいつの力量のほどを試してやろうと考えた、加堂老人のひょうきんないたずら心から出た趣向の一つだったのかもしれませんけれどね」

「ということは……」と長洲警視が言った。

「浅見さんたちが来ることは、片岡さんは知らなかったはずですな?」

「そうだと思います。僕がこの屋敷を訪れた際、片岡さんは明らかに意外そうな顔をしましたからね。しかし、ある程度はそういう、予想外の客がやって来ることは想定していたかもしれません。テーブルの用意や料理の量など、そういう不測の事態に対応できるようにはしてあったと考えられます」

「なるほど、いいでしょう」

長洲は頷いて、浅見に先を続けるように眼で合図した。

8

「さて、それではいよいよ本論に入って、それぞれの事件の謎の解明に取りかかろうと思います」

浅見は束の間《つかま》、目を閉じ、呼吸を整えた。

「まず、殺された……または亡くなった方や重症である中原さんに対する、犯人側の犯行動機について考えることにします」

浅見はテーブルの上の「犠牲者」のリストを広げた。

「永井智宏さんに対しては、じつはかなり大勢の人々が動機を持っています。例の、スキャンダルを暴露した本は、必ずしも永井さんの本意ではなく、ゴーストライターの暴走であったかもしれませんが、しかし責任はやはり永井さんにあります。そこに書かれた人たちが、永井さんに憎悪の念を抱いたとしても不思議ではないでしょう。

しかし、それが殺意にまで達するか――となると、いささか首を傾《かし》げないわけにはいきません。それに、このパーティーに集まった人の中には、現実に被害を受けた人はいないように見えます」

「じゃあ、いったい、永井さんを殺した犯人は何者だと言いたいのです？」

長洲警視はやや焦《じ》れて言った。

「結論を言いますと、永井さんに対して殺意まで抱くにいたった人物は、片岡さん夫妻を除いてはあり得ません」

「片岡さん夫妻が……？」

谷川が驚きの声を上げ、ほかの客たちもそれに同調してどよめいた。

「片岡さんや立花さんに、永井さんを殺す、どういう動機があるというんですか？」

谷川が非難するように言った。

「それは僕なんかより、むしろ谷川さんご夫妻や三島京子さんのほうが詳しいと思うのですが、じつは、永井さんこそが、片岡さんを芸能界から失脚させた張本人だったのではありませんか？」

「なんですって？……」

谷川も白井美保子も三島京子も、あっけに取られた顔をした。だが、奇妙なことに、浅見の発言を否定する言葉は、もはや誰の口からも発せられなかった。

「やはりそうなのですね……」

浅見は溜息のように言った。

「たしかに加堂さんが立花かおるさんに横恋慕《よこれんぼ》した事実はあったかもしれません。ひょっとすると、立花さんをレイプしたことだって、あの天衣無縫《てんいむほう》の加堂さんならあってもおかしくない気がします。現実に片岡さん夫妻の怨みを買うほどですから、それなりのことはやったと思います。しかし、立花さんにふられたからといって、片岡さんを失脚させるような陰湿さは、加堂さんの性格にはなかったと僕は思ったのです。加堂さんは本質的に陽気な性格です。実際、神をも恐れぬ思い上がりや、自分をオールマイティだと思い込んで、好き勝手なことをやるようなところはあるけれど、それも陽気さの表われと見ることだってできるのではないでしょうか。たとえば『誰かが誰かを殺してる』などとパロディーを歌うように、やることが万事陽性で、ひょうきんな趣向の持ち主ですからね……そう、ついでに触れておきますが、例の一一〇番と一一九番のテープ、あれは加堂さんの声ではないと谷川さんが指摘しましたよね。その勘は正しかったのだと思います。いずれ声紋《せいもん》を調べれば分かることですが、あの声を吹き込んだのは、おそらく片岡さんでしょう」

「それでは」と長洲が言った。

「永井さんを殺したのは片岡氏だというわけですか？」

「そうです、片岡さんが犯人です。片岡さんなら、永井さんの食べ物に河豚の毒を入れることだって簡単にできるはずですよね」

「いや、それは片岡さんだけには限らないのではないですか？　あのテーブルの上の料理や飲み物に毒物を入れることぐらい、誰にでもできそうじゃないですか」

「ええ、そのとおりです。たしかに、立花さんが料理を運ぶワゴンをひっくり返した時、全員が隣りの部屋に行ってしまって、テーブルの周辺には誰もいなくなりましたからね。

あの騒ぎのために、加堂さんや六人のバンドマンまで含めて、すべての人々に、犯行の物理的な可能性が生じました。単に毒物を入れるという行為なら、誰にもそのチャンスがあったことは事実です。しかし河豚の毒というふうに限定し、しかも永井さんの口に入るようにするためには、そういうわけにはいかなかったのです」

「ふーん、それはまた、どうしてです？」

「じつは、僕もついさっき、科学警察研究所のスタッフの方に問い合わせてはじめて知ったばかりなので、その頼りない知識で説明するのは気がひけるのですが、河豚毒——つまりテトロドトキシンの性質からいってそうなるのです」

「ちょっと待ってください」

長洲警視が驚いて言った。

「科学警察研究所というと、警察庁の科警研のことですか？」

「ええ、そうです」

「すると、浅見さんは科警研に知り合いがいるのですか？」

「え？　ええ、まあ……」

浅見は言葉を濁した。

「そのことはあとでいいじゃありませんか。それより、テトロドトキシンの説明をさせてください」

「ああ、それはかまいませんがね」

長洲は不思議そうな顔をして、黙った。

「テトロドトキシンは河豚の卵巣《らんそう》から、結晶として抽出《ちゅうしゅつ》することができるのですが、純粋な結晶として抽出するには酢酸《さくさん》などにいったん溶出させ、水分を飛ばすという方法によるのだそうです。そして、純度の高いものをふたたび溶液状にするには、やはり酢酸などの媒体が必要で、ふつうの水やアルコールなどには溶けません。したがって結晶そのものは無味無臭なのですが、液体状にすると酸っぱい味と酢《す》の臭《にお》いを伴うわけで、無味無臭というわけにはいかないのですよね。ですから、飲み物はもちろん、食物に混入するといっても、相手に気づかせずに与えるのはきわめて難しいわけです。

では、永井さんにはどうやって毒を飲ませることができたかと言いますと、要するに酢の物に入れたとしか考えられません。

皆さんも憶えているでしょうが、昨夜の料理はほとんどが大皿に盛って供《きょう》されたのですが、酢の物は、各自、べつべつの小鉢で配られましたね。もちろん配ったのは片岡さんです。これで永井さん殺害の方法は納得していただけたと思います」

長洲を含めて、全員があっけに取られて、しばらく浅見の口許を見つめていた。

9

「ということは」と、谷川がようやく口を開いた。

「中原さんもそうやって毒を盛られたのですか？　だとしたら、同時に症状が現われなければおかしいのじゃないですかね？　いや、完全に同時ということはないにしても、何時間もズレがあるのはおかしいですよ」

「そうですね、おかしいですね」

浅見は素直に頷いた。これがまた、谷川ばかりか全員の意表を衝《つ》いた。

「そうなのですよ、谷川さんが言われたとおり、おかしいのです。しかし、そのことはあとで触れるとして、次の堀内由紀さんの事件に移りましょう」

浅見は言った。

「堀内由紀さんの死は、先ほど、すでに警察の方から示されたように、胃の薬に混入する方法というのが正しい答えだと思います」

「しかし浅見さん、あの薬ビンにどうやって毒物を細工した薬を混入することができたかが問題なのですぞ」

長洲が断固とした口調で言った。

「しかもです、たとえ混入に成功したとしても、うまい具合に昨夜の就寝前、沢山の錠剤の中から、細工をした錠剤を選んで飲むかどうか予測はつかないでしょう」

「いえ、それはそんなに難しいことではありませんよ。薬ビンごと、まるまる取り替えておけばいいのです。あらかじめ細工を施《ほどこ》した錠剤を入れた薬ビンを用意しておいて……」

「そんなこと言ったって、錠剤の量が少なければ、堀内さんの疑惑を招くでしょうし、量を多くすれば、やはりその毒入り錠剤を飲む確率が小さくなりますよ」

「そこが手品です」

浅見は微笑した。

「錠剤はいくら沢山入っていてもいいのです。そのうちの三個だけを除いて、残りはすべて、糊《のり》か何かでビンの底にくっつけて、逆《さか》さにしても、その三個以外は落ちてこないように工作しておけばいいのです。由紀さんは小事にこだわらない性格ですから、ビンを逆さにして出てきた三錠を、何の疑いもなく飲んだことでしょう」

「そんなこと言ったって、このビンの中身はこのとおり、ごくふつうに動いていますよ」

長洲は藤沢から受け取ったビンを振ってみせた。

「もちろん、そのビンは本来の由紀さんのビンですからね。つまり犯人は由紀さんが亡くなったあとで、ビンを元どおりに取り替えておいたのです」

「どうやって?……」

谷川が大きな声を出した。

「われわれがダイニングルームにいるあいだに、片岡さんがあの部屋に侵入して、由紀さんの薬を取り替えておくことはできたかもしれないが、由紀さんの事件が発生してから以後、片岡さんにはビンを取り替えるチャンスはなかったはずですよ」

「そのとおりです、片岡さんはビンを取り替えることはできませんでした」

浅見はまたしても平然と言った。

「じつは、あとでビンを取り替えたのは、片岡さんではなかったのです」

「えっ? それじゃ、いったい誰なんですか?」

「あの騒ぎの時、あの部屋にいちはやく入った人物の誰かですよ」

「?……」

谷川はその時の情景を思い起こすように、視線をキョトキョトと宙にさ迷わせた。

「あの時は、たしか浅見さんがいて、広野さんがいて、そのあとに私が神保さんに起こされて行ったのでしたね……そうすると、まさか広野君が……」

谷川は愛娘《まなむすめ》の傍《そば》にいる未来の婿ドノに、不安そうな視線を送って言った。

「きみはまだ堀内由紀さんのことを恨んでいたのですか?」

広野はびっくりして立ち上がった。

「冗談じゃありませんよ、僕をそんな目で見ないでください」

「谷川さん、広野さんは違いますよ。僕がずっと一緒にいましたから、保証します」

浅見は苦笑しながら言った。

「じゃあ、誰なんです?」

「その直後、あの部屋に威勢よく飛び込んで来た人がいたのですが、思い出せませんかねえ」

「あのあと……というと、赤塚さんはずっとあとのほうだったし……ああ、芳賀さんが飛び込んで来ましたが……えっ? 芳賀さん、ですか」

谷川は、広野の場合同様、否定されるのを期待して、浅見を見た。だが、浅見は無表情というより、悲しげな顔で小さく頷いた。

「そうです、犯人は芳賀幹子さんだったのですよ。われわれが由紀さんの遺体に気を取られている隙に、薬ビンを元のものと取り替えたのです」

「うっそ!……」

幹子が悲鳴のように言った。言ったきり、喉《のど》の奥に物でも詰まったように、目を白黒させて、何も言えなくなった。

「そうですよ、浅見さん。言うにこと欠いて芳賀さんが犯人だなんて、ずいぶんひどすぎますわ」

白井美保子がわがことのように激怒した。

「動機は」と、浅見は静かに言った。

「動機は中原さんへの愛です。由紀さんが写真週刊誌に彼女と中原さんのことをサシたために、せっかくひそかに温めていた二人の愛が瓦解《がかい》の危機に陥《おちい》ったことで、芳賀さんは心底、由紀さんを憎んだのですね。その点は同情に値《あたい》しますが、しかし殺人は殺人です」

「浅見さん、そんなことを言って……」

長洲警視は思わぬ展開に動転している。

「事件後に薬ビンを取り替えることができたとしてもですよ、その前に毒物入りのビンに取り替える、そっちのほうの作業が不可能じゃないですか」

「そのとおりです」

浅見は肯定《こうてい》した。

「それが僕には分からなくて、苦労しました。しかし、片岡さんが死に、立花さんが自殺した時の芳賀さんのショックの大きさを見て、ようやく納得がいったのです。ぼくの想像が間違っていなければ、おそらく、芳賀幹子さんは、じつは片岡さんと立花さんとのあいだに出来たお嬢さんだったのではないかと思いますよ。どうですか芳賀さん？」

幹子はぼんやりと、うつろな目を天井に向けていたが、ふいに両手で顔を覆《おお》うと、「わっ」と泣き伏した。

テーブル越しに、痛ましそうに幹子を見つめていた浅見が、「あっ、いけない！」と叫んだ。

「誰か、止めて！　薬を、彼女が薬を飲んだらしい！」

警察官が驚いて幹子に飛びついたが、その時はすでに幹子は何かを飲み下したあとだった。

「早く、措置を！……」

浅見は悲痛な声で怒鳴った。

10

芳賀幹子は四人の捜査員に担《かつ》がれるようにして運び出された。客たちは総立ちになってそれを見送った。

「無事だといいが……」

浅見は呟いた。もし、服用したのが青酸だとすると、胃洗浄などが間《ま》に合わない可能性があった。無事であったからといって、彼女の幸福はもはやあり得ないのかもしれないが、それでも無事を祈りたかった。

やがて、全員が気抜けしたように椅子に坐った。長い沈黙が続いた。

「浅見さん、これまでのところ、あなたの推理はどうやら当たっているようですな」

長洲警視が憂鬱そうに言った。

「しかし、赤塚さんの事件はどうなるのです？　それに中原さんと加堂さん……いや、片岡さんの事件も片づいていませんな」

「片岡さんは自殺ですよ」

浅見は長洲以上に憂鬱な声を出した。

「あの人は、それに夫人の立花かおるさんも、この事件を計画した時点で自殺を決意していたのでしょう。理由は……理由は分かりません。たぶんご夫妻のどちらかが、あるいはお二人ともが、不治の病《やまい》に冒《おか》されていたのかもしれません。そうして、偶然訪れた千載一遇のチャンスを利用して、死を賭《と》して最後の大復讐劇を演じきったのだと思います。

本来はおそらく、片岡夫妻の復讐は、永井智宏さんと加堂孝次郎さんだけに向けられたものだったはずで、殺害方法や使用した毒物が他の事件と違うのはそのためです。その上に芳賀幹子さんの殺意が加わった形になりました」

「それなのですがね」と長洲は言った。

「芳賀さんの身元を調べたのだが、彼女は世田谷区《せたがや》に住所のある芳賀家のれっきとした長女になっていましたよ」

「そうですか。その間の事情については知りませんが、おそらく彼女が生まれた当時、片岡さんは貧窮のどん底にあったか何かの理由で、生まれたばかりのわが子を芳賀家にあげなければならなかったのでしょう。しかし、その後も絶えず幹子さんの成長には目を注《そそ》いでいたにちがいありません。そうしてやがて幹子さんのほうも、ほんとうの両親が誰かを知ることになったのだと思います。

　幹子さんから由紀さんに対する殺意を打ち明けられ、おまけに用意した毒物を見せられた時、片岡さんはさぞかし驚いたことでしょう。しかし、反面、毒を食らわば皿まで——の心境だったかもしれません。そうして、片岡さんはわれわれ招待客がダイニングルームにいるあいだに、ひそかに神保夫妻の部屋に忍び込み、薬をビンごと取り替えておいたのです」

「しかし、由紀さんがあの薬を常用していることを、片岡さんがあらかじめ知っていたとは思えませんがね」

長洲が疑問を投げかけた。

「いいえ、知っていてもおかしくないのです。芸能界にそう詳しくないこの僕だって知っているくらいですからね。どうして知っているのかというと、僕の場合は、週刊誌のグラビアで由紀さんの写真を見たからです。彼女の部屋の飾り棚の上に、その薬のビンが載っていましたよ。それ以外にも、結婚後、食べ過ぎるせいか胃がもたれて仕方がない――というような談話を読んだこともあります」

「そうすると、由紀さん殺害は片岡と芳賀幹子の連携《れんけい》プレーだったというわけですか」

長洲は苦々《にがにが》しげに言った。長洲の言葉から敬称が消えている。

「そのとおりです。芳賀幹子さんの犯罪を完全なものにするために、片岡さんは堀内由紀さんに殺意を抱きそうな人物を選んで、招待状を送りました」

「それじゃ、僕に……」

広野サトシが呻《うめ》いた。広野を喜ばせたはじめての招待状に、そういう目的が秘められていたとは――。

「次は赤塚三男さんですか」

長洲は広野の苦渋《くじゅう》を緩和するように言った。

「浅見さんはさっき、片岡夫妻が本来殺害しようとしたのは、加堂、永井両氏だけだと言われたが、それなら、赤塚さんはなぜ殺されなければならなかったのですか？」

「赤塚さんを殺したのは、片岡さんでも芳賀さんでもありませんよ。動機がぜんぜんないのですからね」

浅見は言った。これにはまたしても全員が驚かされた。

「え？　それじゃ、どうしたんです？　まさかあのひょうきんな赤塚さんが自殺したわけではないのでしょうな？」

長洲が全員の驚きを代表して、腹立ちまぎれのような、上擦《うわず》った声で訊いた。

「もちろん、赤塚さんは殺されたのです。赤塚さんは自分で持ち込んだお酒を飲んで、それに毒物が入っていたということですよね。つまり、何者かが赤塚さんのグラスに毒物を入れておいたのです」

「じゃあ、やっぱり加堂さんがやったのじゃないですか」

広野が言った。あの時も真っ先に加堂の部屋に押し掛けたのが広野だった。

「いや、加堂さんでもありません。招待客の中のある人物が犯人なのです」

「えっ、われわれの中の誰かが赤塚さんを殺したというのですか？」

谷川が言い、それとともに、全員がたがいの顔を見交わした。

「しかし、あの場合、誰一人として赤塚さんの部屋に侵入するチャンスがなかった……つまり、われわれ全員がこの部屋にいて、たがいに監視しあう状態にあったじゃありませんか。誰にも気づかれないで二階に上がることは不可能だったはずですよ。だから加堂さんが犯人だと思ったのでしょう？」

「そう、加堂さんが犯行可能な人物だと思ったのでしたね。しかし、二階にはもう一人の人物がいるのを忘れてはいませんか？」

「ん？　もう一人の人物？……というと、中原さんのことですか？」

「そうです、中原さんです。赤塚さん殺害に使われた毒物が、芳賀さんが使ったものと同じ種類であったのは、つまり、入手元が中原さんだったからですよ」

「しかし、それは不可能でしょう。だって、中原さんはあの時点ですでに河豚の毒に当たって倒れていたのですよ」

「ほんとにそうですか？」

「えっ？」

「いや、ほんとうに河豚毒にやられていたと、証明できますか？　とお訊きしているのです」

「だって、あの症状は……」

「そう、谷川さんが以前、どこかで見た河豚中毒の症状とそっくりだったと言うのでしょう？　それならお訊きしますが、もし谷川さんが、映画の仕事で、河豚中毒にかかった男の役を演じろと言われたら、それらしく演じることは造作《ぞうさ》もないことなのではありませんか？」

「そりゃまあ、私だって役者の端《はし》くれですからね、その程度の……えっ？　それじゃ、中原さんのあれは演技だったのですか？　つまり、仮病《けびょう》ですか？」

「そのとおりです、中原さんだって、かつて誘拐犯の役を演じてブルーリボン賞を取ったほどの役者でしょう。それにしても、真に迫った名演技というほかはありませんね。そうして中原さんは、全員がダイニングルームにいるうちに、赤塚さんの部屋に行って、グラスに毒を仕込んだのです。動機は……動機はあとで本人に訊いてください」

浅見はもう話すのがいやになるほど、疲労を感じていた。

「中原さんの中毒が仮病であることは、実際に調べれば分かることですが、推理で証明することも可能です。中原さんが倒れた際、芳賀さんが医者を呼びに行くと言って、半狂乱になって外へ飛び出した時のことを思い出してください。芳賀さんは愛する人のためなら、死ぬことも恐れないという勢いで、われわれの制止を振り切ったのでした。その時、芳賀さんを追って片岡さんも飛び出して行きました。そうして間もなく、二人は泥に塗《まみ》れた恰好で戻って来たのでしたね。エアライフルで狙われたとか言って。しかし、ほんとうの理由はそうでなかったと思いますよ。芳賀さんは片岡さんに説得されたのです。何と言ってか……というと、片岡さんは中原さんが食べた酢の物には毒を入れていないことを教えたのです。要するに、中原さんの『河豚中毒』は永井さんの中毒騒ぎに便乗した演技だということが、片岡さんには最初から分かっていたはずですからね」

誰からともなく、深い溜息がつづけざまに洩れた。その中から谷川が訊いた。

「そうそう、そのエアライフルですがね、赤塚さんが飛び出した時は、たしかにエアライフルで狙われたのを浅見さん自身が確認しているのでしょう？　あれはいったい何者の仕業だというのですか？」

「立花かおるさんですよ」

浅見はこともなげに言った。

「立花さんが睡眠薬で眠らされていたのも、単なる演技に過ぎません。まったく、今回の事件はタレントさんの総出演で、おまけにそれぞれがなかなかの名演技をなさるから、厄介《やっかい》きわまることになったのです。じつを言うと、野沢光子さんが『まるでドラマを観ているみたい』と言うのを聞かなければ、僕も皆さんの名演技に完全にだまされきってしまったかもしれません」

浅見は光子に笑顔を向けてから、言葉を続けた。

「立花さんが演技をしていたと仮定すれば、加堂さんの偽装自殺事件の謎も簡単に解けるでしょう？　睡眠薬で眠っていたのは、じつは加堂さんだったのですよ。われわれが加堂さんの部屋の中で靴音がしたと思ったのも、立花さんの仕業だし、加堂さんに自殺を装《よそお》わせたのも立花さんの仕業でした。『自殺』のあと、立花さんは窓から逃げ出したのですが、そのあと、窓に止め金を掛けたのは、芳賀さんの役目だったと思います。この時点では、まだ僕は彼女のことを疑っていませんでしたし、それどころか、加堂さんの死や、奥の部屋に注意を奪われていましたから、不覚にも皆さんの行動を見極《みきわ》めることができなかったのですが、部屋に入って窓に近づいたのは、たしか芳賀さんだったはずですし、そう仮定すれば、唯一の目撃者であり得た片岡さんが、口を噤《つぐ》んでいた理由もわかります」

「車は、車はどうしたんです？」

谷川が叫ぶように言った。

「たしかに、われわれは鍵を門番の老人——浅見さんの説によると加堂氏だそうだが——に渡してあるが、しかし、あれだけの車をどこかへ運び去るのは、とても一人ではできっこありませんぞ。往《い》きはいいけれど、帰りは歩いて来なければならないのですからな」

「もちろん、車を運んだのは二人の仕業ですよ。加堂さんと立花かおるさんです。バンド演奏で物音を消しながら、往きは二台の車を連ねて湖尻の駐車場まで車を運び、帰りは一台の車で戻ってくる……それを何回か繰り返せばいいのですから、そんなに時間はかからなかったでしょう。まあ、バンド演奏で物音を消しているあいだには片づく仕事だったことは確かです。最後の車は近くの森の中にでも隠してあると思いますよ」

「しかし、加堂さんは睡眠薬で……」

「いや、睡眠薬を飲まされたのは、そのあとのことです。いろいろとドラマの演出をやり終えて、テラスに面した窓からご自分の部屋に戻ったあと、片岡夫妻によって眠らされたというわけですね。蛇足《だそく》ですが、その加堂さんの頭に銃弾を撃ち込んだのは、もちろん立花かおるさんでした」

その時、捜査員の一人が入って来て、長洲警視の耳元に何事かをささやいた。長洲は吐息と一緒に、低い声で言った。

「芳賀幹子の死亡が確認されました」

それに対して、もはや、誰も何も言う気力がなかった。

エピローグ

パトカーで湖尻まで運んでもらって、愛するソアラに対面したときは、浅見は恋人に巡り合ったような気分だった。「いたいた」と顔の筋肉を緩《ゆる》めっぱなしにしながら、車体のいたるところをぺたぺたと叩いた。

その様子を、野沢光子はさも軽蔑したように眺めて、言った。

「この分じゃ、当分、嫁の来手《きて》はありそうにないわね」

「ああ、それは言えてるね」

浅見もあえて抵抗しない。

二人を乗せたソアラは、恙《つつが》なく東京へ向かって走り出した。

「すべては加堂老人の悪ふざけから起きたことなのね」

光子は眠そうな声で言った。

「そうだね、老人にしてみれば、冥土《めいど》の土産《みやげ》に、思いきり趣向を凝《こ》らした恐怖劇を、自作自演してみたかったのだろう。過去に二つの怪死事件があったことを利用して、招待客を恐怖のどん底に落とし入れ、ひそかに楽しむつもりだったにちがいない」

「だけど、名探偵の浅見クンを招待したのはどういうわけなの？」

「ははは、名探偵は照れるな。しかし、善意に解釈すれば、世間でこのごろ評判の、名探偵のお手並みを見てやろうということだったのかもしれないけれど、たぶんそうじゃないね。チヤホヤされていい気になっている若造を巻き込んで、オロオロするところを笑ってやろうと思ったのじゃないかな」

「テレビのドッキリカメラみたいな悪趣味だわね。結末は自業自得《じごうじとく》みたいな悲惨なことになっちゃったけど」

「しかしまあ、結果はともあれ、ドラマとしては加堂老人の思惑どおり、いや、それ以上のスペクタクルで、みごとに恐怖の一夜が演出されたのだから、もって瞑《めい》すべしというところかもしれない」

「それにしても、ずいぶんひどい事件だったわねえ。こんなに大勢の有名人が一度に死ぬなんて、推理小説でも書けそうにないわ」

「まったくだね、世の中、何が起こるか分からない」

乙女峠のトンネルを抜けると、真正面に富士山が見えた。頭に雪をいただいて、青空にすっきりと浮かび上がっている。

「きれいねえ、まるで松竹《しょうちく》映画のタイトルバックみたい」

「おいおい、やめてくれよ、また恐怖の殺人劇が始まるんじゃないだろうね」

「さあ、どうかしら、世の中、何が起こるか分からないわよ」

光子は怪しい目をして、浅見の顔を覗き込んだ。

浅見はその目を一瞥《いちべつ》して、「あははは」と笑ったが、背筋がゾクゾクッとするのを覚えた。

自作解説

内田康夫

もう半世紀も昔、僕が小学生だった頃、教師が国語の時間によく江戸川乱歩《えどがわらんぽ》の「明智小五郎《あけちこごろう》」シリーズを読んでくれた。結末が近づくと、先生は「さて、この謎は?」と質問を発する。そのたびに僕が手を挙《あ》げて、トリックのすべてに正解を答えた。

たとえばどういうトリックかというと、雪の中の一軒家に足跡もなしにどうやって入ったか――とか、冬の寒い朝、火の気がないのにどうやって放火できたか――といった愚《ぐ》にもつかないものだ。しかし、クライマックスにさしかかったところで種明《たねあ》かしをされて、先生はすっかり白けて、大いにやる気をなくしたにちがいない。

まあ、少年向けの探偵小説だから、そんなのは当たり前のことだが、おとな向け(?)の推理小説やミステリーもそれの延長線上にあるといえなくもない。とくにトリック重視の作品にはその傾向のものが多い。大仕掛けの舞台設定で「完全犯罪」を遂行させ、その意外性で読者を「あっ」と言わせる。

もっとも、「あっ」と言えばいいけれど、中には「なーんだ」と言いたくなるものもある。トリックをひけらかすためのトリックなどというのもある。ぜんぜん必然性がなく、なんでそんなことをするの？　――と訊《き》きたくなる無茶苦茶なトリックもある。あるいは実行不可能としか思えない方法だとか、きわめて偶然性に頼った完全犯罪も少なくない。

長いこと、探偵小説や推理小説とはそのような、手品のようなものだというのが常識になっていた。どんなによく出来た作品でも、種明かしをすれば「なーんだ」になってしまうのがほとんどだった。だからかつては、探偵小説・推理小説は文芸の主流どころか、大衆小説の主流にもなれなかったのだと思う。僕はまったくの不勉強だから、せいぜい「思う」ぐらいのことしか言えないが、たぶんそんなところなのだろう。

いま、推理小説の世界で「本格」あるいは「新本格」といわれているのは、その流れを継承するものだと、これも「思って」いる。手を替え品を替えして、新トリックを産出してはいるけれど、基本的にはそういった古典的な思想に忠実であろうとするものを「本格派」と呼んでいるのだと思う。事実、三十数年前頃までは、探偵小説・推理小説といえばそのようなものだと思い、何の疑問も感じなかったのである。

その風潮を松本清張《まつもとせいちょう》氏が一変させた。松本氏はいわゆる「社会派」といわれる作風を引っ提《さ》げて、物語の中に社会性と人間性を導入した先駆者であり完成者だと思う。子供やひと握《にぎ》りのマニアだけでなく、おとなの鑑賞にたえてあまりあるドラマ作りが、推理小説という手法によっても可能であることを実証してくれた。

「ふつうの」推理小説と松本氏のそれとの違いを端的にいうと、たとえばスプーン曲げやコイン消失の不思議と、世の中の不思議や人間の心の不思議との違い――だと思う。前者は種明かしが終わればそれで興味も感興も終結してしまう。しかし後者はたとえ物語が完結しても、心に受けた感銘はいつまでも尾を引いて残る。いうなれば文学としての本格に根ざした作品を、松本氏は「推理小説」として世に問うたのだと思う。

推理小説の世界では「本格」だ「新本格」だという論争がかまびすしい。僕のように、なんだかわけの分からないタイプの人間もいるけれど、真面目に「ミステリー」を書こうとしている作家ほど、純粋にその方向にのめり込んでいる。それはそれで尊《とうと》いものだと思う。思うけれど、そうでなければ尊くないとは思わない。松本清張氏のように、着想と取材と馬力と持ち前のロマンで書き上げるような作品のほうが、むしろ尊いと、僕などは思う。思うのは自由で、好みの問題もある。各人各様、いかようにでも思っていいはずである。

ところが、ごくマニアックなミステリーファンや評論家の中には、かくあらねばミステリーにあらず――のような思い込みがある。思い込みだけならいいが、他人にその思想を押しつけようとする。ただのファンでいるうちは何を言っても自由だが、客観性を必要とするはずの評論家を職業としながら、偏《かたよ》った嗜好《しこう》を論拠に据《す》え、読書傾向をリードしようとするのは困る。とくに大きなメディアを使ってこれをやるのは、いわば独裁国家の言論統制である。

そういう主義や思想に凝《こ》り固まった人々を見ると、僕はアラブの女性の黒い衣服で身を包み、顔を隠した姿を連想する。あの衣服を脱いだらどんなに自由で美しかろうに――と思うのだが、思想者や主義者はあのヴェールを取り払ったら、彼女たちは純粋な女性でなくなるとでも思っているのだろうか。

本書『終幕《フィナーレ》のない殺人』を書いた動機は、そういったひとつの「風潮」に対するアンチテーゼのようなものかもしれない。お読みになって、作品全編がパロディになっていることがお分かりいただけると思う。その経緯を「祥伝社文庫」版のあとがき（編集部注・新装版以前の一九九一年二月刊に収録されたもの）に書いているので、その一部をご紹介する。

さて、この『終幕《フィナーレ》のない殺人』ですが、この作品は僕にとって、ある意味での問題作といっていいと思います。お読みになった方も「あれ?」と首をひねられたのではないでしょうか。実際、いつもの僕の作品とは、いささか以上におもむきが異《こと》なっています。まるで別人が書いた作品のように思えないこともありません。書いた本人がそう言うのですから、たしかです。

じつは、『終幕《フィナーレ》――』が出版された直後、長崎《ながさき》県の中年男性読者からお叱りの手紙を頂戴《ちょうだい》しました。かなり手厳《てきび》しい論調で、質の低下を危惧《きぐ》した内容のものでした。僕のいわゆる「旅情ミステリー」シリーズのファンとしては、肩透《かたす》かしを食ったような印象を受ける作品であることは否《いな》めないでしょう。浅見光彦《あさみみつひこ》シリーズのよさも、あまり感じ取れない作品かもしれません。ひと言《こと》でいえば、古いタイプの探偵小説のにおいがぷんぷんとただよっている、その点を指摘されたのだと思います。

ノックスは『探偵小説論』の中で、古典的なタイプのミステリーについて、「……殺人がきっと田舎《いなか》の屋敷《やしき》で行なわれ、その屋敷の執事《しつじ》は十六年も勤めているのだろうし、青年秘書という人物が最近、ある女と婚約しているだろう。運転手はその晩、ひとり暮らしの母親を訪ねて行って不在だっただろう……」といった具合に皮肉っています。

森の奥の屋敷――という限定された状況設定の中で、その屋敷の家族や招待客たちのあいだで殺人が行なわれる。複雑に入り組んだ人間関係、密室に代表される不可能犯罪、思いもよらぬ犯人像、そして名探偵の登場――『終幕《フィナーレ》のない殺人』は、まさに古典的探偵小説を地でゆくものといえます。

「なんだって、いまさらそんな柄《がら》にもない作品を書くのだ？」

ファンとしては、そうも言いたくなるはずのものにちがいありません。

しかし、僕には僕なりの言い分があったのです。第一の理由は、マンネリに対して自ら警鐘《けいしよう》を打ち鳴らした意味があります。あるいはそのための習作といってもいいかもしれません。ミステリーにはいろいろな方法や方向があって、作家は知らず知らずのうちに、自分のタイプに沿った方向へ進んでゆくものだと思います。それが、ともすればマンネリにつながりかねない。ときには、違った方法や方向を模索することも、リフレッシュのためには必要なことだと、僕は思ったのです。

第二の理由は、こういう作品も書けるということを、いちど示しておかなければならない――と思ったことです。ごくマニアックなミステリーファンの中には、前述のノックスが皮肉ったような「古典的探偵小説」でないと、ミステリーとして認めないという頑固《がんこ》さがあって、それはそれで、推理作家としては無視しがたい圧力になっているものです。頑固さは一種の矜持《きようじ》であると同時に狭量《きようりよう》にも通じるのですが、それはそれとして、いちばん困るのは、その「グループ」以外の作家にはそういうものが書けないと思われていることです。実際にはそんなことはないのであって、大抵《たいてい》の作家はその気になれば、いわゆる「古典的探偵小説」ぐらい、いつでも書けると僕は信じています。書かないのは、自分の体質に合わないからにちがいありません。この世のものとは思えない大仕掛けなトリックに象徴されるような、児戯《じぎ》にも似《に》た非現実性、ばかげた動機等々、常識の範疇《はんちゅう》から逸脱したようなことを書くには、良識と教養が邪魔《じゃま》になっているだけのことだと思うのです。しかし、そう強がっているだけでは、ゴマメの歯軋《はぎし》りでしかないので、その主張を実践《じっせん》し、作品にしてみたのがこの『終幕《フィナーレ》のない殺人』というわけです。

作中の登場人物が、いずれも、どこかで見たり聞いたりしたような人物ばかりなのは、キャラクターや状況設定を理解するという、余計な作業に読者の無駄な労力を浪費させることなく、ただひたすら、謎解きと犯人当てに専念していただきたいがためにほかなりません。一見、コメディタッチに仕上がっているので、とてものこと格調高い印象はないかもしれませんが、それは「古典的探偵小説」信奉者になりきれないための照れ臭さがそうさせたのであって、作品そのものは、なかなかよく出来た話だと、僕はひそかに自負しています。

一九九七年六月

本作品は、昭和六十二年七月に小社ノン・ノベルより、平成三年二月に祥伝社文庫より、平成九年七月に講談社文庫より、平成二十二年六月に光文社文庫より刊行されました。

本作品はフィクションであり、実在の団体、企業、人物、事件などとはいっさい関係がありません。なお、風景や建造物など、現地の状況と多少異なる点があることをご了承ください。

——編集部

「浅見光彦 友の会」について

「浅見光彦 友の会」は、浅見光彦や内田作品の世界を次世代に繋げていくため、また、会員相互の交流を図り、日本文学への理解と教養を深めるべく発足しました。会員の方には、毎年、会員証や記念品、年4回の会報をお届けする他、軽井沢にある「浅見光彦記念館」の入館が無料になるなど、さまざまな特典をご用意しております。

◎「浅見光彦 友の会」入会方法◎

入会をご希望の方は、82 円切手を貼って、ご自身の宛名（住所・氏名）を明記した返信用の定形封筒を同封の上、封書で下記の宛先へお送りください。折り返し「浅見光彦 友の会」の入会案内をお送り致します。
尚、入会申込書はお一人様一枚ずつ必要です。二人以上入会の場合は「○名分希望」と封筒にご記入ください。

【宛先】〒389-0111　長野県北佐久郡軽井沢町長倉504-1
内田康夫財団事務局　「入会資料 K 係」

「浅見光彦記念館」 検索

http://www.asami-mitsuhiko.or.jp

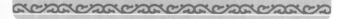

終幕《フィナーレ》のない殺人

一〇〇字書評

切・り・取・り・線

購買動機（新聞、雑誌名を記入するか、あるいは○をつけてください）

□（　　　　　　　）の広告を見て	
□（　　　　　　　）の書評を見て	
□ 知人のすすめで	□ タイトルに惹かれて
□ カバーが良かったから	□ 内容が面白そうだから
□ 好きな作家だから	□ 好きな分野の本だから

・最近、最も感銘を受けた作品名をお書き下さい

・あなたのお好きな作家名をお書き下さい

・その他、ご要望がありましたらお書き下さい

住所	〒				
氏名		職業		年齢	
Eメール	※携帯には配信できません	新刊情報等のメール配信を 希望する・しない			

この本の感想を、編集部までお寄せいただけたらありがたく存じます。今後の企画の参考にさせていただきます。Eメールでも結構です。

いただいた「一〇〇字書評」は、新聞・雑誌等に紹介させていただくことがあります。その場合はお礼として特製図書カードを差し上げます。

前ページの原稿用紙に書評をお書きの上、切り取り、左記までお送り下さい。宛先の住所は不要です。

なお、ご記入いただいたお名前、ご住所等は、書評紹介の事前了解、謝礼のお届けのためだけに利用し、そのほかの目的のために利用することはありません。

〒一〇一－八七〇一
祥伝社文庫編集長　坂口芳和
電話　〇三（三二六五）二〇八〇

祥伝社ホームページの「ブックレビュー」からも、書き込めます。

http://www.shodensha.co.jp/bookreview/

祥伝社文庫

終幕《フィナーレ》のない殺人《さつじん》　新装版《しんそうばん》

平成29年2月20日　初版第1刷発行

著　者　内田康夫《うちだやすお》

発行者　辻　浩明

発行所　祥伝社《しょうでんしゃ》

東京都千代田区神田神保町3-3

〒101-8701

電話　03（3265）2081（販売部）

電話　03（3265）2080（編集部）

電話　03（3265）3622（業務部）

http://www.shodensha.co.jp/

印刷所　萩原印刷

製本所　積信堂

カバーフォーマットデザイン　芥 陽子

本書の無断複写は著作権法上での例外を除き禁じられています。また、代行業者など購入者以外の第三者による電子データ化及び電子書籍化は、たとえ個人や家庭内での利用でも著作権法違反です。

造本には十分注意しておりますが、万一、落丁・乱丁などの不良品がありましたら、「業務部」あてにお送り下さい。送料小社負担にてお取り替えいたします。ただし、古書店で購入されたものについてはお取り替え出来ません。

Printed in Japan ©2017, Yasuo Uchida ISBN978-4-396-34286-9 C0193

〈祥伝社文庫　今月の新刊〉

夏見正隆

TACネーム アリス　**尖閣《せんかく》上空10vs1**

機能停止に陥った日本政府。尖閣諸島の実効支配を狙う中国。拉致されたF15操縦者は…。

沢村　鐵《てつ》

ゲームマスター　国立署刑事課　晴山旭・悪夢の夏

目を覆うほどの惨劇、成す術なしの絶望――。殺戮を繰り返す、姿の見えない〝悪〟に晴山は。

内田康夫

終幕《フィナーレ》のない殺人

箱根の豪華晩餐会で連続殺人。そして誰かが殺される!?　浅見光彦、惨劇の館の謎に挑む。

南　英男

殺し屋刑事《デカ》　殺戮《さつりく》者

超巨額の身代金を掠め取れ！　連続誘拐殺人犯に、強請屋と悪徳刑事が立ち向かう！

辻堂　魁

逃れ道　日暮し同心始末帖

評判の絵師とその妻を突然襲った悪夢とは？　倅を助けてくれた二人を龍平は守れるか！

藤井邦夫

高楊枝《たかようじ》　素浪人稼業

世話になった小間物問屋の内儀はどこに？　鍵を握る浪人者は殺気を放ち平八郎に迫る。

有馬美季子

さくら餅　縄のれん福寿

母を捜す少年の冷え切った心を、温かい料理が包み込む。料理が江戸を彩る人情時代。

黒崎裕一郎

公事宿始末人　破邪の剣

濡れ衣を着せ、賄賂をたかり、女囚を売る。奉行所にはびこる裏稼業を、唐十郎が斬る！

佐伯泰英

完本 **密命**　巻之二十　宣告　雪中行

愛情か、非情か――。若き剣術家に新たな才を見出した惣三郎が、清之助に立ちはだかる。